ハヤカワ
時代ミステリ文庫
〈JA1479〉

風待ちのふたり
薫と芽衣の事件帖

倉本由布

早川書房

8654

目次

本書は書き下ろし作品です

風待ちのふたり

薫と芽衣の事件帖

登場人物

薫………………札差・森野屋に引き取られた娘。内藤三四郎の岡っ引き
芽衣……………薫の下っ引き。三四郎の妹
内藤三四郎……同心見習い
内藤文太郎……三四郎の父親。北町奉行所定町廻り同心
久世伊織………三四郎の朋輩。同心見習い
源五郎…………文太郎の手先のひとり
美弥……………森野屋のお内儀
百代……………美弥の娘
大沢梅乃………芽衣の幼なじみ。お稽古仲間
大沢勘太郎……梅乃の父。(役目に就いていない)北町奉行所の同心
咲………………水茶屋の女将
琴姫……………三河国豊城藩の姫
佐太郎…………松井屋の手代
清吉……………牧野家の小者
牧野源之助……清吉の主。元御家人
嘉助……………森野屋の雇われ人
加奈……………葵屋から逃げてきた娘
正吾……………加奈の兄。葵屋の小僧
歌川角斎………絵師

第一話　日々是好日
にちにちこれこうにち

一

「どうした、薫《かおる》さん」

前を行く内藤三四郎《さんしろう》が立ち止まり、薫を振り向いた。

「芽衣《めい》がいる」

薫は三四郎に背を向けて、出てきたばかりの水茶屋・藤屋を見つめている。

浅草寺境内には多くの水茶屋があり、藤屋もそのひとつである。薫は三四郎と共に藤屋にやって来たのだが、もちろん、茶を飲みに来たのではない。

「芽衣だって？　どこにいるんだ」

三四郎にはわからないようだ。

「あの茶釜のところ。葦簀《よしず》の陰」

「ふうん。よくわからんが、薫さんがいると言うのならいるのだろうな。今日は友だちと出かけているからね。この辺りにいてもおかしくはない」

三四郎の父は北町奉行所定町廻り同心《じょうまちまわりどうしん》である。三四郎も同心見習いとして日々、お勤めに励んでいる。芽衣は三四郎の妹で、薫の仲よし。

「声を掛けに行くかい？」

「行かない」

薫は、ぷいと歩き出した。

芽衣は、薫が去ってゆくのを葦簀の陰から息をつめて見ていた。完全にその背が見えなくなると、ふうっと息を吐く。

「なぜ、隠れたりなさるの？」

大沢梅乃《うめの》が不思議そうに言い、芽衣の袖に触れた。

「どなたか、見つかってはいけないような方がいらっしゃいましたの？」

「いいえ、そうではないの」

芽衣は、あわてて首を振る。

「隠れたのではなく、ちょっと陽ざしが眩しかっただけなのよ」

笑顔で取り繕ったが、実際は薫から隠れたのであった。

薫が三四郎と一緒にいたのが気になってはいた。何か事件が起きたのだろうか。芽衣は何も聞いていない。しかし今は、見つかるわけにはいかないのだ。

もう一度、人ごみのどこにも薫の姿がないのを確認すると、芽衣は梅乃の手を取った。

「さ、まいりましょう」

二

話は、数日前に遡る。

奉行所に出仕した三四郎は、表門で、大沢勘太郎《かんたろう》が出てゆくのとすれ違った。三四郎の父とおなじ年ごろの、同心のひとりである。供も連れずに歩いている。門番と勘太郎とのやりとりで、組屋敷へ帰るところだと知れた。

宿直の番だったのだろうかと思い、詰所で久世伊織《くぜいおり》に訊ねると、

「いや、いつものことだ」

伊織は苦笑した。

「大沢どのに割り振る仕事は、今日はないからといって帰された」

「ああ、なるほど」

頷き、三四郎は肩をすくめた。

そこへ、父の文太郎《ぶんたろう》がふたりを呼びにやって来て、勘太郎のことはすぐに忘れてしまった。


そのころ、大沢勘太郎は、のんびりと家路を辿っていた。

途中、通りがかりの木戸番小屋で、馴染みの木戸番と少し話をし、金平糖《こんぺいとう》を買う。

町ごとに設けられた木戸は、自警のための門である。夜四つ（夜十時）から明け六つ（朝六時）までこの門は閉ざされて、勝手に町には入れなくなる。

木戸の脇にあるのが木戸番小屋で、町に雇われた番人が住み込んでいる。木戸番には、こまごました日用のものや駄菓子などを商うことが許されているのだ。

ここで買える金平糖は、大沢家のお気に入りである。

土産を懐に歩き出すと、番屋から声を掛けられた。

「大沢さま、寄っていかれますかい？」

木戸番小屋とは門を挟んだ反対側にあるのが番屋で、ここには町の者が交代で詰めている。

金平糖を買うために寄るうちに、こちらの当番たちとも親しくなり、時折、誘われて将棋をさす。

少々、気を引かれはしたが、

「いや今日は、やめておく」

懐を、ぽんと叩き、

「娘に土産を早く渡してやりたいのだよ」

笑顔を残して通り過ぎた。

やはりおなじころ、八丁堀の組屋敷にある内藤家の門では芽衣が、ほころんだばかりの小さな花のように愛らしい笑みを浮かべていた。

門前に、薫が立っている。すっと伸びた背。視線は真っすぐ前だけに向けられていて揺らがない。芽衣の大好きな、きれいな薫の姿だ。

「お待たせしました」

声をかけると、薫はこちらを向き、

「うん」

と頷いた。

「中で待っていらっしゃればいいのに」

「みんなが構ってくるからうるさい」

今日は、ふたりで出かける約束をしてあった。

「さ、まいりましょう」

芽衣が言う前に、薫はもう歩き始めている。

ところが、ふたりの足は後ろから掛けられたにぎやかな声のせいで止められてしまった。

「芽衣さまじゃありませんか！」

振り向くと、ふたりの娘が連れ立って歩いて来る姿が見える。

大沢梅乃と中島喜和《きわ》。ふたりとも八丁堀同心の娘である。

芽衣とは歳の近い幼なじみで、同じ手習いの師匠のもとで学び、裁縫を習う年ごろになったときも、やはり同じ師匠のもとで稽古した。

梅乃と喜和はふたりのもとへ駆け寄ってくると、薫を挟み、かしましいおしゃべりを始めた。

「まあ、こちらが噂の薫さんですね」

「私たち、ぜひ一度、薫さんにお会いしてみたいと思っておりましたの」

「おきれいな方だとは聞いていたけれど、本当におきれいねえ」

ふたりは前々から薫に興味津々で、会わせてほしいと何度もお願いされていた。しかし、薫が面倒くさがるのはわかりきったことなので、いつもはぐらかしていたのだ。

芽衣は、薫の様子をうかがった。

薫は、いつも通りに無表情で不愛想である。しかし、内心ではかなりの苛立ちが募りつつあるのが芽衣にはわかる。

さて、困った。薫の分も愛想よく笑ってみせてはいるのだが、なるべく早くこの場から去るにはどうしたらいいものか、芽衣は困り果てていた。

「私は、薫さんが解き明かした事件のことをぜひ、うかがいたいわ」

目をきらきらと輝かせ、梅乃が言った。

梅乃のほうが特に、薫に会いたいと熱心だったのである。

「いったいどんなところから、ほころびを見つけて謎を解いてゆくのでしょう。ほら先日、大川で上がった心中らしき遺骸のことですとか――」

梅乃は、声をひそめて真剣な顔で訊ねる。

芽衣は、すかさず自分が口を開こうとした。

　ところが、

「それは別に。あちこち歩いたり、人に話を聞いたりしてみたら、いろいろと見つかっただけで」

　なんと薫が、ぼそぼそとではあるが答えているではないか。

　芽衣は、すっかり驚いた。これは、とても珍しい。

　しかも薫は、非常にわかりにくいのだが喜んでいるようだ。頬が、わずかに紅潮している。同じような年ごろの娘から謎解きや捕物について訊ねられることは珍しく、それは嬉しいのだろうか。

　遺骸だの凶器だの、話が次第に物騒になり始めた。しかし梅乃は、まったく臆さず楽しげである。

　梅乃の隣では、喜和が手持ち無沙汰になり始めている。

「ああ私も、薫さんのお手伝いをしてみたいわ」

　梅乃が、うっとりと言った。その言葉には喜和も乗り、

「梅乃さんはしっかり者だし賢いから、向いているかもしれないわね」

　くすくすと笑っている。

　そのとき芽衣が一瞬、顔から笑みを消したことに、おそらく誰も気づいていない。す

ぐに、より一層、愛想のよい笑いを満面に浮かべたからだ。

そして芽衣は急に切り出す。

「梅乃さまと喜和さまは、これからどちらへ行かれますの?」

梅乃と喜和は、きょとんと芽衣を見た。

「私たちは日本橋のほうへ参りますの」

「薫さんと芽衣さまは、どちらへ?」

梅乃が、薫に訊ねた。すると薫は、それにもちゃんと答えてやっている。

「新右衛門町《しんえもんちょう》……」

「あら、そちらも日本橋のほう。ちょうどいいわ、ご一緒しましょう。そうしたら、もっとお話ができるわ」

梅乃は勝手にそう決めて、今にも薫の背を押し、歩き出しそうな勢いだ。

さすがに、そこまでつき合う気が薫にあるわけはなく、また不機嫌が戻ってきたのが芽衣には手に取るようにわかる。しかし、梅乃が察する様子はない。

うまく話を変えたつもりなのだが、悪手だったようだ。困った、どう言って断ろうか。

芽衣が気を揉んでいたところ、どこかから声がする。

「梅乃ではないか」

四人の娘たちは声の主を探し、一斉に首をまわした。

年配の侍が、梅乃たちの背後から、のんびりと歩いて来るのが見えた。

「父上」

梅乃が目を見張った。

「もうお戻りですか？」

「うん」

勘太郎である。

梅乃の父親だ。

「土産があるぞ、梅乃」

懐をぽんと叩き、勘太郎はのんきに笑った。

「一緒に帰るか？」

「いえ、私は出かけるところですので」

「なんだ、出かけるのか」

勘太郎は、残念そうに言った。

「はい。日本橋のほうまでちょっと」

「そうか……そういえばそんな話を聞いたような気がする。でもな梅乃、土産は、おまえの好きな金平糖だ。喜ぶ顔が見られると思って、将棋の誘いも断り急いで帰って来たのだ。ほうら——」

懐に手を入れて勘太郎は取り出して見せようとする。が、その手は空のまま出てきた。

「おや？」

首をかしげている。

「父上——？　どうなさいました？」

「うん」

勘太郎は、実に情けなく笑った。

「ないんだよ」

「何がですか」

「金平糖。おかしいなあ、確かに買ったはずなんだが——いや待て、まずは銭を渡して、そのあと木戸番の与一の孫の話をしたんだ、孫というものはいいぞいいぞと言われてうらやましくて。そのあと——」

「つまり、お代だけ置いて金平糖はもらい忘れてきたと、そういうことですね」

梅乃は冷たく言うのだが、勘太郎はおおらかな笑い声を上げた。

「そういうことだ」

「わかりましたから、戻って、改めていただいて来てはいかがですか」

「うん。そうしよう」

勘太郎は、来た道をのんびりと戻って行った。

「ごめんなさいね、みなさま。お騒がせをいたしました。本当にもう仕方がないほど、のんびり者の父で。いつもあの調子なんですよ。困ってしまうわ」

呆れ顔ではあるが、梅乃は、去ってゆく父の背へ心配げに目をやっている。親子の仲がよいのが、よくわかる。

勘太郎が現れたせいで前のおしゃべりとの間が空いてしまい、うまく続かなくなり、沈黙が流れた。

今だ、と芽衣は思った。

「ああ、そうだわ」

不自然にならないよう気をつけつつ、声を上げる。

「私、母上にお伝えしなければならないことがあったのを思い出しました。ごめんなさい、戻らねばなりません。――薫さん……」

「いいよ、あたしはここで待っているから」

「それが、ちょっと時間がかかりそうなんです。薫さんも私と一緒にいらして。――梅乃さま、喜和さま。おふたりは、お出かけになってください」

「でも、せっかく薫さんとお会いできたのに」

渋る梅乃に、芽衣は微笑みかける。

「それは、またの機会に」

「そう？　残念だわ。きっとまた、ね。お時間を作ってくださいね、薫さん」

梅乃は何度も念を押し、名残惜しげに去っていった。

ふたりきりになると、薫が大きなため息をついた。

「ああ疲れた」

芽衣は、じろりと横目で薫を睨む。

「でも薫さん、梅乃さまとのおしゃべりを楽しんでいらっしゃいましたよ」

「そんなことない」

「いいえ、とても楽しそうでした」

「――何か怒っているの、芽衣？」

「いいえ別に」

芽衣は、ぷん、と横を向く。

「あたし、別に楽しくなかったし、また次の機会にというのは、なしにしてよね」

「いいんですか、梅乃さまともっとお話ししなくても」

「どうでもいい」

本当に、まったく興味はなさそうだ。

「わかりました」

芽衣は安心し、にっこりと笑った。

そうだ、薫の下っ引きに、しっかり者だの賢いだのは必要ない。――そのはずである。

「では、梅乃さまがまた何かおっしゃってこられても、うまく断っておきますね」

「うん。それにしても、変な親父だったね」

「いろいろと噂をうかがうことはあるのですけれど、実際にお会いしたのは私も初めてです」

「孫の話で盛り上がって、買ったものを忘れて来るなんて。そんな粗忽者《そこつもの》で町奉行所の役人が務まるの？」

「ええと、それは……」

「務まってはいなさそうだね」

「でも、大沢家の皆さまはとても仲よしで素敵なご家族だと組屋敷でも評判なんですよ。特にあのお父さまは奥さまのことも娘さんのことも大好きで、とても大事にしていらっしゃるのですって」

「へえ。父親っていうのはみんな、そういうものなのかな。芽衣のお父っちゃんも芽衣をとても可愛がっている」

「そういう父親も、そうでない父親も、様々な父親がいると思いますけれど」

「ふうん。あたしは、父親というものには馴染みがないからなあ」

薫は、すたすたと歩き出した。もう、大沢親子のことはどうでもいいようだ。

今日はふたりで、薫が昔、暮らしていた新右衛門町へ遊びに行く。

「角斎《かくさい》さまは、おうちにいらっしゃるでしょうか」

「さあね」

薫の昔馴染みの貧乏絵師・歌川角斎を訪ねるのだ。


屋敷に帰った勘太郎は、縁に座り、金平糖をつまみながら日向ぼっこをしていた。

忘れてきた金平糖は、木戸番の与一が屋敷に届けてくれてあった。戻ってみたら与一はおらず、すれ違いの無駄足になったのだが、勘太郎は、

『よい散歩になった』

恐縮する与一の女房に笑ってそう言い、改めて屋敷に向かった。

さやさやと渡ってゆくそよ風を受けていると、とても幸せな気持ちになってくる。背にしているのは仏間である。仏壇からご先祖様が守ってくださっているありがたみも相まって、次第に平和な眠気に包まれていった。

やがて、

「父上」

厳しい声がし、まぶたを開く。

「父上、また、こんなところでうたた寝などなさって」

「気持ちがよいのはわかりますが、お風邪を召します」

梅乃と、妻の雪乃である。眠気など、すぐに吹き飛んでしまった。

「なんだ梅乃、もう戻っておったのか」

「充分に、お出かけは楽しんでまいりましたよ。その間、父上はぐっすりとお休みだったようです」

「そうか？　そんなに眠っていた気はしないのだがなあ。まあよい。ほれ、座りなさい。金平糖をおあがり」

勘太郎は、にこにこと傍らを示す。

大沢家は、勘太郎と雪乃、梅乃の三人家族だ。

並んで座った梅乃と雪乃は、金平糖をつまみながら何かを熱心にのぞき込み始めた。

「何を見ておるのだ」

「釣り書きですよ」

雪乃が顔を上げ、答えた。

「また梅乃の見合いか？」

「はい。よいお話がふたつも重なってしまいましてね。どうしましょうかと迷っているところなんですよ」

梅乃は、勘太郎には見向きもせず、釣り書きに見入っている。

「梅乃はまだ十七だろう？　そう急がずとも……」

「いいえ、もう十七、なのですよ、父上。のんきにしていたら、よいご縁を摑み損ねてしまいます」

「そうですよ、我が家には跡継ぎの男子がおらぬのですからね。優秀な方に養子に来ていただかなければ」

「優秀で、私がこの方と思える方よ」

「そうね、一生、添う方ですからね」

「こんなわたしの跡を継いでもよいと言ってくれる者などおるかねえ」

勘太郎は、北町奉行所に勤める同心ではあるが、決まった役目には就いていない。

南と北、ふたつある町奉行所には、与力と同心あわせて二百五十人ほどが勤め、江戸の治安を守っている。金銭や人事など奉行所全体を管理する年番方《ねんばんがた》や、お白洲で取り調べを行う吟味方《ぎんみかた》、などなど掛《かかり》は細かくいくつもあるのだが、勘太郎はそのどれにも属していないのだ。

なぜそんな扱いになっているのかといえば、それは勘太郎が仕事の出来ない男だからである。

代々、大沢家は牢屋見廻という小伝馬町《こでんまちょう》牢屋敷の事務を見る掛に就いていた。勘太郎も、それを継ぐはずだった。

ところが、見習い同心として修業を始めたところ、皆が難なくこなす雑務においてすら役に立たない。算盤が苦手で計算は間違いだらけだし、町の者の訴えを聞いてもろくに答えられない。死罪で斬り落とされた首を見て気を失ったこともある。

これでは使いものにならないと、雑用係のままに据え置かれ、いわば飼い殺されているような状態なのである。

「旦那さまの跡、ではありませんよ、大沢家の跡を継いでいただくのです」

「なるほどな」

勘太郎は、鼻を上向けて笑った。

「ふたつの縁談のうちのひとつは、義姉上《あねうえ》のご紹介なのですよ」

勘太郎には十歳年上の亀という姉がおり、他家に嫁いでいるのだが、何かあると大沢家にやって来ては勘太郎を叱りつけ、鼓舞し、帰って行く。

梅乃や、母の雪乃と似たところがあり、三人はとても仲が良い。

大沢家の行く末については当然、気を揉んでおり、梅乃が十を過ぎたころから早々と、婿さがしに奔走してくれている。

「では、姉上の選んでくださった方にすればよい」

勘太郎は言うのだが、雪乃が渋る。

「その方、梅乃より十五歳も年上なのです」

「十五歳くらいの差がなんだ。姉上の選んでくださったご縁なら間違いないだろうに」

「もちろん、申し分のないお家柄の方ではあるのですけれどねえ」

雪乃がため息をついたところへ、女中が台所で困ったことが起きたとやって来た。母と娘は「何ごとでしょう」と心配しながら行ってしまった。

残された勘太郎は、では居眠りの続きをと思ったのだが、ふと思い立ち、

「そうだそうだ、あれを……」

いそいそと仏間に入っていった。

三

内藤家の門前で会った翌々日の午後のこと。梅乃が、ひとりで芽衣を訪ねてきた。〝次の機会〟の約束を取りつけに来たのかと身構えたのだが、それにしては深刻な様子である。

「芽衣さまと薫さんの、お知恵を拝借したいのです」

ひどく張りつめた声で、梅乃は言った。

「それは、岡っ引きの薫さんと下っ引きの私の知恵――ということでしょうか」

「はい」

「ここに薫さんはいらっしゃいませんから、まずは私がお話をうかがいますね。何か、困ったことがありましたの？」

「実は一昨日、芽衣さまとお会いした後――」

と、梅乃は語り始めた。

あの日、縁で金平糖を食べながら見合い相手候補の釣り書きを見た、その後のことである。

台所での困りごとが解決し、梅乃は勘太郎のもとに戻った。

また居眠りをしているに違いないから起こそうと思ったのだ。

ところが勘太郎は起きていた。

手にした何かを、ぼんやりとながめている。なんだろう、とのぞき込むと、櫛だった。

蒔絵《まきえ》が施された櫛。大きな牡丹が描かれた、髪を飾るためのものだ。母のものだろうかと思ったが、見た覚えがない。

「父上、その櫛は……」

声を掛けると、勘太郎は飛び上がらんばかりに驚いた。

「なんだ、梅乃、戻ったのか」

「はい。その櫛ですけれど……」

「ああ、これか。これはだな」

勘太郎は、しどろもどろに説明を始めた。

「いや、昔なつかしいものでな。思い出して取り出し、見ていただけなのだよ。もうしまうところだ」

　ぎくしゃくと立ち上がる。

　梅乃が、いぶかしく思いながら様子を見ていると、勘太郎は仏間に入ってゆき、仏壇の前に座した。簡単に拝んでから、抽斗《ひきだし》に櫛をしまう。そして、こちらを振り向いた。

「梅乃……」

　いかにも怪しげな、媚びるようなまなざしである。

「この櫛のこと、母上には黙っておいてもらえるかな？」

「なぜですか」

　梅乃が、ややきつく訊ねると、

「うーん」

　返答に困り、唸っている。そののち、わざとらしい笑みを浮かべた。

「だからその、特に理由はないのだがな、うん、まあとにかく、母上には黙っておいてくれ。ああそうだ、さっさと忘れてしまうのがよいぞ」

　そそくさと立ち上がる。そして、梅乃の顔を見ないようにしながら逃げ出していった。

「と、いうことがあったのです」

梅乃は、ため息をつく。

芽衣には、わけがわからない。

「いったい何について、私たちの知恵を借りたいとおっしゃるのでしょうか」

「ごめんなさい、お話にはまだ続きがありまして」

昨日のことだ。

梅乃は母の用事を言いつかり、女中を供に連れて浅草へ出かけた。

用事を済ませた後、浅草寺にお参りし、帰りに藤屋という水茶屋へ寄った。

茶を飲み、一服していたとき、ふと目をやった先にとんでもないものを見てしまったのだ。

「それはいったい……」

「父上と、女の人」

梅乃は声をひそめた。

葦簀の陰になるところで、勘太郎が見知らぬ女とひそひそ話をしている姿が目に入ったのである。

「それがもう、いかにも訳ありな様子で」

「御用の筋だったのではないかしら」

「うちの父上が、ですか？　つまらない雑用すらうまくこなせない父上が、御用聞きを任されるなどあり得ません」

個人的な何かで、勘太郎は女と会っていたのに違いない。

「しかも、父上の手にはあの櫛があったのです」

やがて、勘太郎と女は周囲の目を気にする素ぶりを見せながら離れた。勘太郎は梅乃に気づかぬまま去り、女は客の相手をし始めた。

そばにいた茶屋娘に、あれは誰かとさりげなく訊ねてみると、この店の主だという。

「母上には内緒という櫛と、水茶屋でこっそり会う謎の女」

梅乃は、膝の上で両手をぐっと握りしめた。

「これは何かあるに違いない。放っておいてはいけない。だから私は今朝、父上がお出かけになった後、あの櫛を持ち出して――」

早速、ひとりで浅草寺まで出かけて行った。女に櫛を見せ、勘太郎との関係を聞き出すつもりだった。

「私も、薫さんのように賢く謎を解こうとしたのです」

ところが、そこで梅乃が見たのは、またもや勘太郎の姿。

勘太郎は、藤屋の裏で五歳くらいの男の子と遊んでいた。やがて男の子が走り出し、店に飛び込むとまっしぐらにあの女のもとへと駆けてゆく。

『おっ母ちゃん』

男の子は叫び、女はその子をいとおしげに抱き上げた。幸せそうに、きゅっと母親にしがみつく男の子。追ってきた勘太郎も加わり、三人、ほのぼのと笑い合っていた。

「父上がこそこそ会いに行く謎の女とその子ども。これはどういうことだと思います？」

「ええと――」

「あの子は、父上の子かもしれない」

「え」

芽衣は目を見張った。

先日の勘太郎の様子を思い浮かべてみる。町奉行所では役立たずなのかもしれないが、のんきで人が好さそうで誠実そうで、よき父よき夫以外の何者でもないように見えた。

「それは早計というものでは……」

梅乃の熱を冷ますように言ってみると、

「そうかもしれないし、そうではないかもしれない」

梅乃は、ため息をついた。

「すぐに踏み込んで問いつめればよかったのですけれど、ただただ驚いて、どうしたらいいのかわからなくて、逃げ帰ってしまったの」

屋敷に戻ると、持っていたはずの櫛がない。

「お店に入る前にと、取り出して手に持っていたんです。知らない間に落としたか、どこかに置き忘れたか」

櫛がなくなっていることが勘太郎に知れる前に、捜し出したい。そして、勘太郎と女と子どもの関係を知りたい。

「薫さんの知恵をお借りできたなら、私にもその謎が解けるのではないかと思って」

というわけで、梅乃はやって来たのだ。

芽衣は、しばらく黙っていた。充分に考えた。そして、そのあと、

「なるほど――わかりました」

厳かに頷く。

「でもね、薫さんが引き受けてくださるかどうかはわかりません。薫さんは、お上から十手《じって》を預かる岡っ引きなんです。私たちがさまざまな事件の探索に当たるのは、遊びではないの」

実際、気に入りの櫛を失くしたから捜してくれ、と依頼したところで薫は、

『知らないよ。自分で捜しなさいと答えておいて。そんなお駄賃ももらえないようなこ

と、あたしはしない』

うんざりした顔で、そう言うに違いない。

しかしお駄賃の話を出して薫の評判を損ねてはいけないので、黙っておく。

「……そうですよね」

梅乃は肩を落とした。

「こんなつまらないことで、薫さんほどの方の手を煩わせてはいけませんね」

「いえいえ、梅乃さま」

にっこりと微笑む。

「私がおりますよ。薫さんの下っ引きの、この内藤芽衣が」

芽衣は、誇らしげに胸を張る。

四

芽衣が来ない。

薫は、濡れ縁にぽつんと座っていた。

薫の住まいは、蔵前片町《くらまえかたまち》の札差《ふださし》・森野屋の離れである。ここにひとりで暮らしている。目は庭に向けられているが、何を見ているのでもない。ただ、ぼんやりとしている。

芽衣はいつも、約束がなくても顔を出したり、何かしら伝言を届けさせたりするのに、今日は朝から音沙汰がない。

こんな日は、今までにも何度もあった。だから別に不安はない。

ただ、昔のことを思い出す。

『大丈夫ですよ、薫さん。芽衣がいます。芽衣がここにいますからね』

そう言っていたくせに、いないじゃないの——胸の中で悪態をついた、昔のこと……。

猫が、居間から濡れ縁に出てきた。

薫の家にいるものの、この猫の飼い主は芽衣だ。どこもかしこも真っ白で美しい猫。この猫は、薫のことが大嫌いである。薫の姿を見ると、あからさまに嫌そうな顔になり、薫から離れたところで丸くなった。

いつものことなのだが、今日はそれが癪《しゃく》に障る。

「芽衣は何をしているんだろうね」

わざと猫に話しかけてみる。

「急な用事でも出来たのかな」

猫は知らん顔である。

「たまには返事くらいしなさいよ」

猫は目を閉じ、眠り始めた。

「可愛くない猫。寂しがっているあたしをなぐさめる気はないわけね」

やがて、母屋から夕餉が運ばれて来た。薫が居間に戻ると、猫も入ってくる。ひとりの食事は味気なく、食べ終わるのにはだらだらと長い時間がかかってしまった。

それでもまだ寝るには早いのだが、他にすることもなく、薫は床についた。

猫もおそらく、寝間のどこかにいる。

「明日には芽衣、来るだろうか」

つい、また話しかけてしまった。

すると驚いたことに、みゃあ、とだけ短い鳴き声が返って来たのだ。

薫は驚き、起き上がって猫の様子を見てみようかと思ったのだが、やめておいた。どうせ、返事などしていませんよ気のせいでしょう、という澄まし顔で寝ているだけに決まっている。

とりあえず、少しだけ癒された。

翌朝、薫を目覚めさせたのは、

「おおい、薫さん、起きているか？」

玄関から呼ばわる声だった。

三四郎だ。

「出かけるぞ、起きておいで」

薫は、のそのそと床から這い出した。

着替えて居間に行くと、三四郎は運ばれてきていた朝餉の膳に飯を盛ってくれている。

「芽衣は？」

まず、それを訊ねた。

「友だちのところへ行くといって出かけた」

「友だち……」

「だから今日は俺ひとりだ。すまぬな」

「何しに来たの？」

「薫さんの手を借りたいからに決まっているだろう」

「何か事件が起きたんだね」

「そういうことだ。さあ、まずは飯を食え」

薫は居間を出た。本当は空腹なのを見抜いている猫が、嘲笑うように、にゃあんと鳴いた。

「朝飯なんかじゃ元気は出ないよ。さあ行くよ、三四郎」

「朝飯は食わねば元気が出ぬ」

「いらない」

五

そして話は冒頭に戻る。

浅草寺境内の藤屋で、葦簀の陰に隠れて薫と三四郎をやり過ごした芽衣は、そばにいた茶屋娘に声を掛けた。

「今日は、こちらの女将さんはいらっしゃいますか?」

「お咲さんのことでしょうか」

「お咲さんとおっしゃるのね、はい、そうです、その方」

「いらっしゃいますよ」

「呼んでいただけます？」

「どのようなご用でしょう」

「いえ、ちょっと伺いたいことがありまして。大したことではないのですけれどね」

芽衣が無邪気に微笑んでみせると、娘は、いぶかりながらもお咲を呼んできてくれた。

お咲は、生真面目そうな女である。着ているものも地味な鼠色の縞で、前垂れはしていない。藤屋の茶屋娘たちは可愛らしく愛想のいい子が多く、その中で、堅物そうな女の様子は逆に目を引いた。

「お武家のお嬢さん方が、私になんのご用でしょうか」

お咲は、警戒心を隠さず訊ねてきた。

「実は昨日、こちらで櫛を落としてしまったようなのです。どなたか見つけてくださった方はいらっしゃらないかと思いまして」

「櫛……」

お咲は眉をひそめた。

「それは、どんな櫛でしょう？」

「蒔絵の櫛です。大きな牡丹が描かれている……」

「——牡丹の櫛」

呟くと、お咲は黙り込んでしまった。

これは本当に怪しいかもしれない。内心では動揺しつつも、芽衣は、気づかれぬよう微笑みつづける。

「さあ、知りませんね」

お咲は首を振った。

「そんな櫛はどこからも出て来ませんでしたよ。本当にうちで失くしたのかしら。別の場所も捜してみたほうがよろしいのでは？」

丁寧な口調ではあるが、きっぱりとこちらを拒絶しているのがわかる。

これは、ますます怪しい。

本当は、うまく話を運べたら大沢勘太郎の名を出し、さらにもう一押しできるか反応を見てみようと思っていたのだが、ここは退いたほうがよい。

「わかりました。お手間をおかけいたしました」

芽衣が頭を下げると、梅乃もそれにならった。

並んで藤屋を後にしながら、梅乃は黙り込んでいる。

無理もない。八丁堀では誰もがよく知る仲のよさの、大沢家なのだ。あの父が本当に、母と自分を裏切っているのかどうか——梅乃は不安でたまらないのに違いない。

それにしても、あの勘太郎に、本当に妾がいるかもしれないとは。芽衣には、やはり信じられない。しかし、ありそうもないことほど、あり得てしまいがちであるというのが世の中である。

「芽衣さま、さすがですね」

梅乃が、ふいに言った。

梅乃たち親子を思いやり、ぼんやりしていた芽衣は面食らった。

「え、なにがでしょう」

「上手に相手に近づいて知りたいことを訊ねて、退くべきと思ったら潔く退く。しつこくしたら警戒されますものね。心得ていらっしゃるのね」

褒められて、芽衣は照れた。

「私など――薫さんだから下っ引きを務めていられるだけですよ。薫さんが素晴らしい方だから。でも薫さんはあの通り、不愛想でしょう？　ちょっと困った物の訊ね方をしてしまうこともあるので、なるべく私が――と思っているうちに、いろいろと身に付いたことはあるかもしれません」

「なるほど」

八丁堀に帰るまで、梅乃は薫と芽衣がこれまでに関わってきた事件についての話を聞きたがった。

おそらく、まとわりついて消えない不安を、おしゃべりで紛らわしたいのだろう。そう思い、相手をしていたのだが、梅乃はこちらがびっくりするような細かいことまで知っている。

芽衣のほうが、

「ごめんなさい、それはいつのことだったかしら」

と訊ねてしまったくらいだ。

芽衣が思っていたよりずっと、梅乃は薫に興味津々であるらしい。

梅乃は話し続けているが、芽衣は次第に答えなくなっていった。

「ああ、芽衣さまがうらやましい。薫さんと一緒なら、毎日がとても満ち足りているのでしょうね。私など、大沢の家のためにお婿さんを取って、代々のお役目、牢屋見廻を取り戻してもらう。それだけが目標の人生」

「武家の娘として、それは大変、大きな意味のあることだと思いますけれど」

「でも、つまらないわ」

梅乃は肩を落とす。しかしすぐ、朗らかに笑った。

「ごめんなさいね。こんなお話をすることこそ、つまらないわね」

「いいえ――」

「それで芽衣さま、これからはどういたしましょう」

「そうですね、考えていることはあるのです。明日、新右衛門町にご一緒できるかしら」

「大丈夫ですけれど――何をしに？」

「藤屋の女将さんをご存知かもしれない方がいるの」

「どのような方でしょう」

芽衣が訪ねようとしているのは、歌川角斎である。それがどんな人物なのかを説明しているうちに、内藤家の屋敷に着いた。

「ではまた明日」

約束をして別れた。


「ただいま戻りました」

声をかけながら奥へ向かうと、居間に薫がいた。

芽衣の足が、ぎくりと止まる。薫はひとりで、実に不機嫌な顔をして座っている。

ふたりは黙ったまま見つめ合った。自分から引いたら負けだと思い、芽衣は逃げ出したりしなかった。

「浅草にいたよね」

薫が言う。

「はい、おりましたよ。薫さんもいらっしゃったの？」

芽衣は、とぼける。

「いたよ。三四郎と一緒にね。ちょっと探索に出向いていた」

やはり事件が起きたのだ。

自分から薫を避けたくせに、自分が知らされなかったことがあると知ると、もやもやする。

「私は薫さんの下っ引きなのに。聞いていないわ」

つい、恨みがましい声が出た。

「芽衣は今日、友だちと遊びに出かけていたのでしょう？　だから声を掛けなかったんだよ。昨日も顔を見せなかったし」

「昨日だけですよ」

「見せなかったでしょ。猫が退屈していた」

「子どもみたいなわがままを言わないでくださいな」

芽衣はすたすたと薫の隣まで歩き、腰を下ろす。並んで座りながらも互いの顔をまったく見ず、話もせずに過ごした。

薫が帰るなり、芽衣が別の部屋へ行くなりすればいいのだが、ふたりともそんな気はない。つい意地を張り続けてしまう。

やがて文太郎と三四郎が戻った。

「おう、薫、来ていたのか」

文太郎が浮かれ、膳の用意を急がせたりと一気ににぎやかになる。芽衣はあれこれ用事に立ち、騒ぎに紛れて薫と口を利かずにいるのも目立たないはずだった。

しかし、三四郎だけは気づいていたようだ。

夜、薫の帰りが遅くなると三四郎は蔵前片町まで薫を送って行く。その道中、三四郎は薫をからかった。

「芽衣とけんかでもしたのか？」

「しない」

薫は不機嫌に首を振る。

「そんなことより、明日、行きたいところがある」

「芽衣を連れていくのか？」

「三四郎と行く」

「拗《す》ねているだけなら、俺が間に入ってやろうか」

「拗ねていない」

と言う横顔は、あきらかに拗ねている。

「わかった。――なんだか知らんが、早く仲直りしろよ？」

「だから、けんかはしていない」

尖ったくちびるで、薫は言った。

明日のことを話しながら薫を送り届け、三四郎は屋敷に戻る。

芽衣の様子を見に行くと、不機嫌な顔で台所にいた。

「明日、薫さんと出かけるんだが、芽衣も行くか？」

「私は明日も、梅乃さまとお約束があります」

芽衣は、竈《かまど》の上の鍋の蓋に、わざとらしい大きな音を立てながら柄杓をおいた。

こちらも絶対に、けんかをしていると認める気はないらしい。

放っておいても仲直りはするのだろうが、いつも番《つがい》のように一緒にいるふたりが顔を背け合っている姿を見るのは寂しい。

どうにかならないものかなと、あれこれ考えつつ三四郎はその場を離れた。

六

「こんにちは、角斎さま。内藤芽衣です」

芽衣は、歌川角斎の住まいの腰高障子《こしだかしょうじ》を叩いた。

新右衛門町の裏長屋である。

「なんだ？　また来たのか」

中から眠そうな声がする。

「開けますよ」

断りながら障子を開くと、まだ布団にくるまったままの角斎が、あくびをしながらこちらを見ていた。

「知らねぇ顔と一緒だな？」

「はい、こちらは大沢梅乃さま」

芽衣は、連れを紹介した。

「薫はどうした」

角斎は、けだるげに半身を起こした。

「いませんよ」

つん、と顎を上げて芽衣は答える。角斎は、薄ら笑いを浮かべた。

「けんかか」

「違います。薫さんは関係ないのです。今日はお友だちの梅乃さまのことで参りました」

「へえ？」

角斎は、芽衣の背後に立つ梅乃へと目をやった。

梅乃は裏長屋に来るのなど初めてなのだろう、物珍しそうに辺りを見まわしていた。

角斎の住まいは、いつもだらしなく乱雑である。今日も、汚れたままの食器が載った膳、墨絵の落書きが散らばった寝床の周り、そして酒の匂いがぷんぷんしている。

梅乃は驚き、臆するのではないかと心配したが、そんなことはなかった。興味津々、角斎を観察しており、角斎の関心が自分に向けられると深々、頭を下げる。

「おやすみのところ、申し訳ございません。大沢梅乃と申します」

「いや、かまわねぇよ」

角斎はまた、だらしなくあくびした。

「で、なんだって？」

「角斎さまは、浅草の水茶屋・藤屋の女将さんをご存知ですか？」

芽衣は、上がり口に腰を下ろしながら訊ねた。

「藤屋の――ああ、お咲さんだな。知ってはいるが、知り合いじゃあねぇ」

「藤屋さんの茶屋娘さんのどなたかを姿絵に描かれたことがおありなのではないか、そのご縁で女将さんともお親しいのではないかしらと思ったのですけれど」

「俺なんかが藤屋の娘を描かせてもらえるもんか」

「そうですか……」

芽衣は、がっかりして肩を落とした。

「おいおい待て待て、芽衣ちゃん。詳しくはねぇが、まったく知らねぇわけでもねぇぞ」

「本当ですか！」

芽衣の顔が輝く。それを見て、角斎も嬉しげに、うんうんと頷く。

「お咲さんは元は藤屋の茶屋娘だった。前の主が店を手放すことになって、後を任せたんだよ」

「あら、あの方、茶屋娘さんだったのですか」

「驚くだろ、地味な女だからな。だがな芽衣ちゃん、あの愛想のなさがいいという客が大勢いたのよ。他の娘にちょっと悪さをしようとした客を、ぴしっとやり込めたり、頼りがいもあった。あれはあれで――わかるかな、芽衣ちゃん」

にやける角斎をたしなめるように、

「お子さんがいらっしゃいますよね」

芽衣は、ぴしゃりと話を変えた。この件は、角斎に訊ねたかったことの中でも特に肝の部分だ。

「らしいな。独り身なんだがな」

「誰の子なのでしょう」

訊ねたのは、梅乃だ。

梅乃はずっと、身を乗り出すようにしながら芽衣と角斎の話を聞いていた。子どものことが話題になると、我慢しきれなくなったのだろう、芽衣の隣に腰を下ろしてきた。

「誰の子なのか、誰も知らねぇらしい。お咲さんは一度、藤屋を辞めているんだよ。茶屋娘なんて歳じゃなくなっていたしな。で、しばらく姿を消していたと思ったら、子どもを連れてふらりと戻ってきたそうだ」

「誰にも言えない人の子を、ひとりで育てていらっしゃるのですね」

梅乃は、沈んだ声で言う。

「それで、お咲さんが梅乃さんに、どう関わってくるんだ？」

角斎が、にやりと訊ねた。

「芽衣ちゃん、梅乃さんのことで来た、と言っただろう？」

「はい、そうですね、あの……」

お咲の子どもは梅乃の異母弟かもしれないという疑惑があるのだ——とは、軽々しく言えない。もっと違った言い方をすればよかった。

後悔しつつ、芽衣は、薫ならばここをどう切り抜けるだろうかと考えた。すると、思いつく言葉はひとつだけ。

「角斎さまには関係のないことです」

薫なら不愛想に言い放つところだろうが、芽衣は厳かに言ってみる。

角斎が、大笑いをした。芽衣の考えることなどお見通しのようである。

「そうかそうか、わかったよ。とにかく、お咲さんについて俺が知っているのはそんなところだ。悪いな、力になれなくて」

「いいえ、充分なお話をしていただきました。ありがとうございました」

芽衣は立ちあがり、梅乃もそれに倣う。

いとまを告げ、出て行こうとすると、

「あーちょっと待て」

角斎が芽衣を呼び止めた。

「薫と仲直りしたいなら、間に入ってやってもいいぞ」

寝ころびながら、にやけている。

「ですから、けんかなどしておりません」

ぴしゃりと言い、腰高障子もぴしゃりと閉めた。

「芽衣さま、薫さんとけんかをなさいましたの?」

心配げな梅乃に、芽衣は作り笑いを見せる。

「違いますよ、私だっていつもいつも薫さんとだけ一緒にいるわけではないのです。一緒にいないからといってけんかしただなんて思われるのは心外です」

ぷんぷんしながら、芽衣は歩き出した。

肩を並べて、裏長屋の木戸を出る。

梅乃は何も言わない。父のこと、お咲のこと、お咲の子どものことを考えているのだろう。

しばらくそっとしておいたが、やがて芽衣は明るく言った。

「梅乃さま、お団子を食べていきませんか?」

「お団子……」

「はい。室町にある玉屋さんをご存知かしら。焼いたお団子に糖蜜をかけたものが人気なんです」

「知らないわ」

「お団子がね、他のお店より大きいの。でもちゃんと一串に四つ、お代も他とおなじで四文。ね、参りましょ」

梅乃の手を取り、早足で人ごみをすり抜けた。

目当ての玉屋に着くと団子を買い求め、外の縁台に並んで座る。

「あら、このお団子、本当においしい」

梅乃はすっかり明るくなり、歓声を上げた。

「でしょう？」

「垂れるほどたっぷりと蜜がかかっているのがいいわ。今度、喜和さまにも教えてあげましょう」

「そうしましょう、そうしましょう」

やがて団子を食べ終わると、梅乃は、胸の中の思いに整理をつけるかのように肩で息をした。

「芽衣さま、私、気づいたことがあるのです」

「なんでしょう？」

「もしも本当にお咲さんの子どもの父親が、私の父上であるのなら、あの子は大沢家の跡取りになります」

大沢家の子は今のところ梅乃ひとりなのだから、確かにそうだ。

「あの父上に妾がいたなんて、子どもまでいたなんて――と戸惑っておりましたし、正直に言えば嫌でした。母上と私を裏切っていたなどと認めたくはなかった。でも、お咲さんの子は男子。私がどう思うかなど関わりなく、大沢家の跡取りとなり得る子です」

「そういうことになりますよね」

「私は、お咲さんと、きちんと話をしなければいけません」

梅乃は、真っすぐ前を見つめている。

「明日、また藤屋さんへ行ってみようと思います。芽衣さま、お付き合いくださいますか？」

もちろん、そのつもりだ。薫に黙ったままなのは正直、心苦しいところもあるのだが、言わずにいることを後悔などしていない。だから、ひとりできちんと最後まで見届けようと思っている。

そのころ薫は、三四郎と別れて蔵前片町の自宅に戻っていた。

今回の件、さほど複雑なものではなく、労なく解決しそうである。

実は、薫がいなくとも探索は進んでいたのだが、三四郎が、薫が貯めているお駄賃が増えるようにと声をかけてくれたのだ。

居間にごろんと転がると、猫がやって来た。薫をちゃんと見るくせに、こちらがそれに反応するとふいっと目をそらし、長火鉢のそばで丸くなる。

「……つまらないなあ」

薫は呟いた。

事件が簡単に解決しそうなのも、芽衣がそばにいないのも、とにかくただつまらない。

明日、三四郎と藤屋へ行くことになっている。そうしたら、おそらくこの件は終わる。その後、芽衣をとっちめに行こう。

意地を張って放っておくのも、そろそろばかばかしくなってきた。

桜の樹の下に骸が眠っていた。

ほぼ白骨と化したその骸は女で、紺地の霰《あられ》小紋を身につけていた。少々、男っぽい色や柄を粋に着こなす――生前は、さぞやいい女だったのだろう。
薫が三四郎と共に追っていたのは、女の身元と殺害の下手人である。

七

「梅乃さま、御覚悟はよろしいですか？」

芽衣は、かたわらで緊張している梅乃をやさしく見やる。

「――はい」

梅乃は深く頷いた。

浅草、浅草寺境内の水茶屋・藤屋である。ふたりは少し離れたところから店の様子をうかがっていた。お咲の手が空くのと、梅乃の気持ちが落ち着くのを待ち、さて行こう、としたときだ。

ふいに、ぎゅっと手を握られて、芽衣は驚いて横を見た。

小さな男の子が、つないだ手に力を込めながらにこにこと笑っている。お咲の子だ。

「どうしたの？」

面食らい、訊ねると、

「お姉さん、あそぶ？」

男の子は人懐っこく答える。

「ぼうや、藤屋さんの女将さんの子ですよね」

「うん」

頷く男の子を、梅乃が見ている。腰を落として目線を合わせ、じいっと、ただ見つめる。いったい何をしようというのか――。

きょうだいかもしれないふたりなのである。梅乃としては、複雑な想いがあるだろう。

梅乃が滅多なことをするわけはないと信じ、芽衣はふたりを見守った。

やがて、男の子がさすがに怯む。すると梅乃は、にっこりと笑った。

「遊びましょう」

男の子は満面、笑みになる。

「うん！　なにをする？　ぼく、おっ母ちゃんが忙しいからひとりでつまらなかったんだ」

「そうねえ、鬼ごっこ、かくれんぼ……」

「かくれんぼがいい。浅草寺の中、どこでもかくれていいってことにしよう」

「それでは広すぎて見つけられなくなりそうよ」

「うん、ぼく、かくれるのはうまいんだ」

男の子は、芽衣の手を放した。そして抱きつくような勢いで梅乃の手を取ろうとする。

ところが、そこへ厳しい声が飛んだ。

「三太、何をしているんだい！」

驚いた三人、揃ってその声を振り向いた。

お咲が、こちらを睨みつけている。

「こっちへおいで。お客さんに迷惑をかけちゃいけないといつも言っているだろう」

「でもおっ母ちゃん、お姉さんたち、遊んでくれるって……」

「また勝手に声をかけたんだろう。それが迷惑だっていうんだよ。ほら、おいで」

差しだされた母の手に向かい、男の子──三太は走って行った。しかし、手をつなぐのではなく腰に抱きつく。悲鳴を上げてみせる母を見上げ、幸せそうに笑う。

お咲は三太を抱き上げた。こちらも幸せそうに微笑みながら抱きしめ、

「三太、ちょっと向こうへ行っておいで」

「いやだよ、お姉さんたちとあそぶんだ」

「だから、それは迷惑なの」

厳しく言われ、地に降ろされると、三太はしぶしぶ店の奥へと入っていった。

「さて、お嬢さん方」

お咲は、芽衣と梅乃に不愛想な顔を向けた。

「またいらしたのですか」

あからさまに迷惑そうな声だ。

「おっしゃっていた櫛なら、あの後も出て来ませんでしたよ」

「櫛のことではないのです。お咲さんと、どうしてもお話ししたいことがありまして」

お咲は黙った。拒みたいのだろうと、わざとらしいほど深く眉間に刻まれた皺からよくわかる。

お咲が、梅乃が誰かを知っているとは思われないが、あの櫛に関して何か後ろめたい思いを持っているのは間違いない。

それでも、こちらの真剣さは伝わり、それを無下に出来るような女ではないようだ。

「わかりました、こちらへ」

ふたりを店の裏手へ導いた。

「さて、まずはお嬢さん方、どちらのどなたでいらっしゃいますかね」

「私は大沢梅乃。そして、こちらは内藤芽衣さまです」

梅乃は言い、芽衣は頭を下げた。ふたりは、お咲の反応をうかがった。大沢、と聞き、何か動揺を見せはしないか——。

しかし、お咲は無表情のまま。何を思ったのか、まったく読めない。

「今日、私がこちらに参りましたのは、あなたのお子さまについてお話をしたかったからなのです」

「三太のことで、いったい何を訊きにいらしたんですか、お武家のお嬢さんが」

年上の女に凄まれ、梅乃は臆した。

今日は自分がお咲と話をするから黙っていてくれ、と芽衣は言われている。助けを出したい気持ちはあるが、やはり梅乃を立ててあげたい。

梅乃は、両手をぎゅっと拳にし、小さく頷いて気合を入れた。

「あの子の父親のこと」

「三太はあたしの子ですよ。父親が誰かなんてどうでもいいこと」

「いいえ、どうでもよくはありません。三太さんには、武士として立派に生きる未来があるかもしれないのですよ。母親であるあなたは、その道をあの子に与えるか否か考えてみるべきなのではありませんか?」

「三太は武士の子ではありません。あたしの子なんですから」

「でも父親は――」

「父親などいないんです。お嬢さん方、いったいどなたなんですか」

「ですから私は大沢梅乃です」

「名乗られてもわかりませんよ。ああ――もしや、あの男の許婚ですか？」

「……許婚？　あの男って……」

「大勢で入れ代わり立ち代わり、なんなんですか。あの子のこと、どこで知ったの？　引き取ろうってことですか？　それは立派な、高潔なお心でいらっしゃいますこと。でもね、余計なお世話ですよ。あの子はあたしの子。絶対に渡したりはしませんからね。帰ってください」

「許婚って――なんですか？」

芽衣は、たまらず口を出した。

何か話がずれている気がして来た。

あの男、とお咲が言うのがおそらく三太の父親なのだろうが、だとしたら、許婚がいるような、まだ若い男ということになる。

「とぼけてもだめですよ。あたしはちゃんと知っているんです、あの男に許婚がいること。それがあなたなんですか？　あの男の身辺を調べたの？　それであたしと三太を見つけ出した？　三太を連れて行くの？　冗談じゃない、本当にちゃんと育ててくれるんだか怪しいもんだ」

「あの——何か食い違いがあるように思います」

芽衣は穏やかに言った。梅乃は完全に戸惑い、言葉を失くしている。

「こちらの梅乃さまは、大沢勘太郎さまのお嬢さんなんですよ」

「大沢勘太郎——え？」

激高し始めていたお咲だったが、ふと我に返ったように一瞬、固まったあと、大きく目を見開いた。

「あの、ぼんくらな八丁堀の」

「ぼんくら。ええと、はい、まあ……」

芽衣が苦笑したのと、

「おやおや、梅乃じゃないか」

当の勘太郎が、のんびりと声をかけてきたのが重なった。

「どうした？　そちらはお友だちかな？　おやおや先日も一緒にいたお嬢さんだ」

勘太郎は、なんの曇りもない笑顔で歩いてくる。

「こんにちは、お咲さん。今日も来てみましたよ。三太はどこかな」

「三太は奥におりますが」

「では、呼んでいただけるかな。今日はおもちゃを持って来た。からくり人形なんだが、ほら、ここをこうすると猿の顔が――」

「父上」

梅乃が、緊張した面持ちで一歩前に出た。

勘太郎は、きょとんと娘を見返す。

「なぜ、父上がこんなところにいらっしゃるのですか」

「それはこちらも訊きたいよ。梅乃はなぜ、ここにおるのだ」

「私は――櫛を捜しに来たのです」

「櫛？」

「はい。蒔絵で牡丹が描かれた櫛」

「おまえそれは」

勘太郎は挙動不審になり、ふらふらと目を泳がせた。

「忘れてしまうのがよいと言っただろう。――ん？　待て、なぜおまえがここに櫛を捜しに来たりするのだ？」

「ここで櫛を失くしたからです」

勘太郎は、話がまったく見えずに困惑している。その父の袖を引っ張り、梅乃は、そばにあった縁台に座らせた。

「先日、私は偶然、こちらで父上があの櫛を持って、いかにも怪しげにお咲さんと話している姿を見てしまったのですよ」

「待て待て、それは――」

「翌日には、お咲さんと子ども――三太さんというのですね、あの子と三人、仲よく過ごしていらっしゃる姿も見た。いったいどういうことなのでしょう。私はそれを知りたいのです」

「どういうことも何も……」

「はっきり申し上げますと、三太さんは父上の子なのではないかと思いました」

「なんだって？」

勘太郎は、大きく目を見開き慌てている。

「それは誤解だよ、梅乃」

「はい、今、お咲さんとお話をしていて、どうやら私が間違っていたらしいことはわかりました」

「そうだそうだ、間違いだ。なぜ、そんな誤解をするかなあ」

「ではなぜ、父上はお咲さんとお知り合いなのです？」

「それは――」

「なぜ」

ぐい、と勘太郎に迫り訊ねた梅乃に答えたのは、薫の声だった。

「それは、探索のためだよ」

芽衣は驚き、振り返った。

薫が、呆れ果てた目で芽衣を見ている。じっと見つめ、そのあと冷たく視線を外した。

薫の背後には三四郎がおり、心配げにふたりの様子を見守っている。

「北町の役人の中で一番、何をしても怪しまれないのは大沢さまだから。三四郎たちじゃ訊き出せないことを探り出すよう、大沢さまが動いていたんだ」

「ほう、そういう理由だったのですか。お褒めに預かり恐縮です」

勘太郎は、三四郎に頭を下げた。

「いや、褒めてはいないから」

薫は無情に切り捨てた。

八

桜の樹の下で眠っていた骸の件を探っていくうち、お咲に辿り着いたのだ。

骸が生前、誰であったのか。それは意外に早く判明した。骸と共に地中にあった櫛が少々、変わったものだったためだ。それは蒔絵で大きな牡丹が描かれた櫛。一見、よくあるもののようだが、牡丹の花びらの中に〝およう〟と名前が彫られている。

骸の名は、おそらく〝およう〟。

数年前、姿を消した〝およう〟はいないか——。聞き込みをするとすぐ、

「それなら、藤屋のお葉ちゃんとか？」

という証言が出てきたのだ。

お葉は藤屋の茶屋娘のひとりだった。陽気な美人の十七歳。もうすぐお葉を描いた浮世絵が出る、という話が出まわり始めたころに突然、姿を消した。その理由を知るものは誰もいなかった。

まずはそのお葉が骸の正体と仮定し、身辺を探っていく。

すると、軽々しく扱うわけにはいかない人物が浮かび上がってきたのだ。大目付の役

に就く、とある旗本の息子――。

「あの坊ちゃん、それはそれはお葉ちゃんにご執心でねえ。町人のふりをして通いつめたりしていたよ。ふるまいがお武家でしかなかったから、ばればれだったけれどね」

お葉が暮らしていた長屋に住む女がそう証言した。

「ふたりがどこまでの仲だったか？　それは知らない」

もちろん、その男が下手人とは限らない。しかし、殺された女の身辺にいたのだから探らねばならない。しかし軽々しく動くわけにはいかない。というわけで、まずはお葉のいた藤屋に目をつけた。

藤屋でお葉と共に働いていた者ならば何か知っているのではないか、藤屋を探れ――。

しかし、事は慎重に運ばねばならぬ、怪しまれたり目立ったりしてはならぬ。ということで、ぼんくらで役立たずの勘太郎が選ばれたのだった。

薫が加わったのも、そのあたりである。解決への道すじができているところで加わるなど、謎解きの楽しみがなくてつまらない。本来なら断るところだが、薫は、芽衣がいなくて退屈していたのだった。

「さて、お咲さん」

薫は、お咲を見据えた。

「あなた、あの櫛を、見たこともない知らない、と言っていたそうだね」

「はい、知りませんもの」

言いながら、お咲は薫から目をそらす。

「そんなはずはないでしょう。あなたはお葉さんととても親しかった」

「ええ、お葉ちゃんとは親しくしていましたよ。でも櫛のことは——」

「もういいでしょう」

薫はそっと歩を進め、お咲のそばに立つとその顔を見つめた。

「どんどん話の辻褄が合わなくなっていくよ。あなたはあの骸がお葉さんではないことにするために、そんな櫛など知らないと言いつづけてきたんだよね？　お葉さんがあんな櫛を持っていることを誰も知らなかった、だから、あなたも知らないと言いつづければいつまでもあの骸がお葉さんであるかどうかはわからないまま。——ねえ、あなたは何を隠したいの？」

「——隠す？　何も隠しちゃいませんよ」

「あなたがお葉さんを殺したの？」

「何を言うの！」

お咲は顔を上げ、目を剝いた。

「ちょっと考えたんだ、理由はわからないけど、あなたが殺したという可能性もあるなと」

「冗談じゃない。なぜあたしがお葉ちゃんを」

「お葉さん、陽気で明るくて楽しいひとだったけど、気まぐれで、藤屋でひとりだけ人気が抜きんでているのもあって、他の娘たちの間では今ひとつの評判だったそうだね。あなたも快く思っていなかったのかもしれないな、と考えた」

「確かにあの子は気まぐれでした。男にもだらしなかったし。でも、他の娘たちがあの子を嫌ったのは妬みです。男を取ったの取られたの、そんな争いをよくしていたわ。あたしはそんなことには加わらなかった。この容姿ですしね、あたしはそういったことからは外れた存在だと見ていたのでしょう、みんな。だから、お葉ちゃんはあたしを信頼して懐いてくれていた」

「なるほどね。じゃあ、あなたが下手人ということはないかな。ごめんね、疑ったりして」

素直に言い、薫は微笑む。滅多に笑わない美人の薫が微笑むと、なかなかの凄みがある。お咲がそれに飲まれている間に、薫は続けた。

「で、あの三太という子は誰の子なの？」

「――え？」

「あの子は誰の子？」

「あたしの子ですよ、父親はいない……」

「父親を訊いているのではないよ。あの子を産んだのは誰」

「え……」

お咲は絶句した。

「私、なんだか話が見えなくなってきました」

芽衣の耳に、梅乃がそっと呟いた。

「つまり――昔、藤屋さんで働いていたお葉さんという人が殺されて見つかった、その人はお咲さんと親しかった、そしてこの件には櫛が関係している――ということでしょうか」

芽衣も、小声で返した。

「櫛……蒔絵で牡丹が描かれたもの、でしょうか」

「梅乃さまのお父さまが大事にしていらしたものと同じ？」

「たまたまどちらも蒔絵、牡丹……」

「櫛違い、ということでしょうか。私たちが櫛のことを訊きに行ってお咲さんが動揺したのは、梅乃さまのお父さまとはなんの関係もなかった……」

「私たちの勘違いですか？」

「私たちとお咲さん、互いに勘違いをしていたのですね」

「と、いうことは」

「やはりお咲さんはお父さまが隠していた女性ではないし、三太さんは梅乃さまの異母弟ではない」

「――ああ、そういうことだったのですね……」

梅乃は、肩を落とした。父に妾がいたかもしれないという疑惑が晴れてほっとした、というよりも、なぜか、どこか残念そうにも見える。

「三太さん、梅乃さまの異母弟ではない、というだけでなく……」

芽衣は呟く。

「三太は誰の子？」

薫に厳しく問いつめられ、お咲はただ黙り込む。

「三太さんは、お葉さんの子なのですね」

芽衣が言った。

芽衣はそっとお咲に近づき、やさしくその顔を見た。

「お葉さんと、どこかのお武家の子。それをお咲さんが育てていたのね。梅乃さまを、そのお武家の許婚と間違えて、三太さんを奪いに来たと思って私たちを警戒したのね」

お咲は目を伏せ、くちびるを嚙む。長い、長い沈黙のあと、嚙みしめるように頷いた。

「そう、三太はお葉ちゃんの子」

それを口にするのは、とてもつらいことのようだ。

「あたしの子ではない……」

ぽつりと呟き、自嘲の笑みをくちびるに浮かべた。

「そうでしょうか」

芽衣は言う。

「ごめんなさいね、私はまだ何がなんだかよくわかっていないのですけれど——ただ、お咲さんが三太さんをとても可愛がっていること、三太さんがお咲さんを慕っていること、それはよくわかりましたよ。おふたりは、親子にしか見えませんでした」

ほんのわずかな疑いですら、浮かんだことはない。

「産むのも親、育てるのも親」

芽衣は決然と言う。

「お葉さんが三太さんの母、お咲さんも三太さんの母。それでいいのだと思います」

九

「あたしが藤屋を辞めて半年ほどしたころでしょうか。お葉ちゃんが、ふいに訪ねてきたんです。自分も藤屋を辞めてきた、行くところがないから置いてほしいと言って」

お咲は、その後、番屋で語った。

いまや藤屋の看板娘だというのにどうしたの、と訊ねたら、あの子、子どもができたから辞めてきた、なんて言うじゃありませんか。

父親は、お葉ちゃんに言い寄っていたお武家。

とにかくお葉ちゃんにご執心で、お葉ちゃんもほだされてねんごろになって……。

でも、子どもができたと知ると慌てて逃げて行ったそうですよ。

あたしとお葉ちゃんは、なんだかとても馬が合った。

あの子は確かに呑気で気まぐれで、軽はずみなところがある子だった。でも、底抜けに明るくて人懐っこくて。誰とでもすぐに仲よくなれるんですよ。あたしとは正反対。

三太がね、似ているんです、そういうところ。誰彼なくお客さんに寄っていって、遊ぼうと言って懐いてしまうの。そういうところが可愛くて——いえ、三太のことはいいのだけれど。

とにかく正反対だったので、ふたりで暮らしてもうまくいっていたんです。やがて三太が生まれて。ふたりでこの子を育てていこうねと約束した。

あたしには、いつか自分で水茶屋を持ちたいという夢があったんです。お葉ちゃんと暮らしていたころは、料理茶屋に奉公していました。客あしらいには慣れていましたからね。お給金を貯めて、夢のために備えて。

お葉ちゃんとあたし、ふたりで、藤屋に負けない店を持ちたいねって毎晩、話していましたよ。とても楽しかった。

でも、お葉ちゃんはある日、あのお武家から連絡があったと喜んで出かけたまま戻って来なかった——。

はじめは、ふたりが駆け落ちをしたのかと思いました。でも、お葉ちゃんが三太を置いて行くなんておかしい。毎日、ぎゅうぎゅう抱きしめて離さないほどに可愛がっていましたからね。

だから、なんとなく察してはいました。何か恐ろしいことが起きたのだ、と。お葉ちゃんはもうこの世にはいないのではないか、と――。

「三太を抱えて、ひとりで困っていたあたしに、藤屋の前の主が手を差しのべてくれたんです。自分はもう商いから手を引きたい、藤屋の後を頼みたい――と。とても感謝しています」

十

「なんだか最後は芽衣に持っていかれた」

薫が、ぶすっと呟いた。

森野屋の離れ、薫の住まいである。

ふたりは濡れ縁に並んで座り、芽衣の膝では猫が幸せそうに眠っている。

「持っていった――ってなんですか」

「芽衣が、お咲さんはお母さんにしか見えないですよ、みたいに言ったら簡単に落ちたでしょ」

「それだけではないでしょう。薫さんや兄上たちがきちんと探索を進めていたから」

「でも、芽衣がお咲さんの気持ちをほぐしたのは確かだと思うよ。――さすがだなって思った」

薫が一転、素直に言うので、

「そうですか」

芽衣は照れた。

「お葉さんは、お咲さんが恐れていたとおり、殺されていたのですね」

「うん。単純な話で、下手人は三太の父親のお武家。お葉が子どもを産んだことを探り出して、会いに来て。どんな話をしたのかわからないけれど、決裂して逆上したんだろうね」

そんなつもりはなかったのに、手にかけてしまったのだろう。お葉は、長命寺《ちょうめいじ》の近く、大川の堤に続く桜並木の中の一本の根元に埋められていた。

下手人はお葉を殺したことを認めたのだが、表沙汰にはならなかった。父親の立場が慮《おもんぱか》られ、事件そのものが葬り去られたのである。

幸いその家には次男がいたため、下手人は病療養のためと称して廃嫡、次男が跡を継ぐようである。

「なんだか腑に落ちませんねえ」

「でも、向こうは三太のこともどうでもいいみたいだし、母と息子、恐れることなく暮らしていけるよ。それはそれで良かったのだと思う」

「そうですね」

理不尽を感じはするが、芽衣はしみじみ頷いた。

「そういえば、お葉さんの骸は、なぜ今になって見つかったのですか」

殺しは、四年も前のことだという。

「それが不思議なんだよ。長い時間をかけて少しずつ、桜の根元の土が減って、地中があらわになっていったんだって。野良犬がそこを気に入って掘っていたのか……」

ある日、通りがかった棒手振りが、地から櫛がのぞいているのに気がついた。そのときは、なんだろうと思いつつも急いでいたため通り過ぎてしまったが、その後もなんとなく気にして見ていると、やがて、骨のようなものが見えてきた。

大騒ぎになり、掘り返された桜の樹の下に、お葉が眠っていたのである。

「お葉さんが呼んだのかしら」

「やめてよ、怖いよ、そういうの」

「でも、この世に残ったお葉さんの想いが、土をかき分けたのかもしれません」

三太への想い、お咲への想い――。

「怖い話はやめよう」

薫が、ぶるっと身を縮めた。


同じころ、大沢家では父と娘が縁側に座り、くつろいでいた。

「いやしかし驚いたなあ、梅乃がそんな誤解をしていたとは」

「もう忘れてください、恥ずかしいわ」

ふたりのかたわらには、今日も金平糖と茶がある。

梅乃の好きなものは金平糖だけではないのだが、勘太郎は、梅乃は金平糖が好き、と思い込み、今日もせっせと買い込んできた。梅乃も、それに何か言うわけではない。

「あ、そういえば父上、私は結局、父上の櫛を捜し出せなかったのです。申し訳ありません。勝手に持ち出して失くしてしまうなんて……」

「櫛？　あれならわたしが見つけたよ」

「え、どこで」

「藤屋の縁台の下に落ちていたんだ。わたしが自分で持って行って落としたのかと思ったが、おまえだったんだねえ」

「あらまあ……」

梅乃は脱力し、ほっとした。なんだか笑えてきて、微笑みながら金平糖をふたつ口に入れる。

「あの櫛は結局、なんだったのですか？　母上には内緒とか思わせぶりに言うから、私、いらぬ邪推をしてしまったのですよ」

「あれか。あれは姉上のもので……」

「亀おばさまの？」

梅乃に見合い話を持って来てくれる、あの亀である。

「おばさまのものでしたら、なぜ母上に内緒などとおっしゃるの」

「おまえには見せぬ姿だがな、雪乃はわたしが姉上に歯向かうことなく叱られてばかりなのを、歯がゆく思っているところがあるのだよ。でも、姉上とわたしは早くに父を亡くした。父の教えを十分に乞うことなく跡を継がねばならなくなったわたしを、姉上は厳しくやさしく導いてくださって――」

その後、姉との細かい出来事をあれこれ話し始めるのだが、今までに何度も聞いた話なので、梅乃は適当にやり過ごす。

「それで、あの櫛はおばさまのものなのですね。それをなぜ後生大事になさっているの？」

「うん、あのな、あの櫛を見ていると姉上が叱ってくださる言葉、励ましてくださる言葉を思い出せるのだよ。元気になりたいときなど、取り出して見ているのだが、雪乃はそれを女々しいと言って怒る」

だから母上には内緒、だったのである。

わかってみれば、実にくだらない話であった。

「それよりも梅乃、おまえ、三太が本当にわたしの子だったら、どうするつもりだったのだい？」

「当然、我が家に迎えて大沢家の跡取りとして大事に育てましょうと申し上げるつもりでしたよ。でも、親子を離れ離れにはしたくないですし――お咲さんをどうするのかは、母上のお気持ちをうかがわなければなりませんでしたけれど」

「おまえはそれで良かったのか？」

「もちろんです」

「そうか……。跡取りがいれば、おまえも好きなところへ嫁に行けるしなあ」

「それは――実は少し考えました。でも、別に好いた方がいるわけでもありませんし、良いのです」

そこへ、雪乃がやって来る。

「どうしました、楽しそうですね」

「うん、梅乃の婿の話をしていたのだよ」

「ま、ちょうどいい。またお見合いのお話をいただきました。これが良いご縁で」

「姉上からのお話はどうしたのだ？」

「ああ、あれはやはりお断りをいたしました」

「断った？」

「はい、やはり十五歳も年上ではねえ」

「せっかくの、姉上のお心づかいだというのに」

「だって、私が一生、添い遂げたいと思えるような方ではなかったのですもの」

「せっかく姉上が――」

「梅乃の気持ちのほうが大事ですよ」

「しかし姉上が――」

大沢家に、にぎやかな声が響く。

「芽衣、どうして梅乃さんとふたりでこそこそしていたの？」

森野屋の離れの濡れ縁では、薫が不機嫌そうに眉をひそめる。

「言ってくれたらあたしも一緒に大沢さまの櫛を捜したのに」

「薫さんはお駄賃をもらえないようなことには関わらないと思って……」

「そんなことはない。――いや、あるか。でも芽衣がすることなら、あたしも一緒にする」

「でも――」

芽衣は口ごもり、唸った。

どうしよう、言ってしまおうか、それともうまくごまかしきれるか――。

悩んだが、薫が拗ねた目でこちらを見ている。それが可愛くて、負けた。

「梅乃さまが、すてきな方だから」

「――は？」

「梅乃さま、賢くてしっかりしていらして、すてきな方なんです」

「うん、そうだね」

「岡っ引きとしての薫さんに、随分と興味を持っていらっしゃるでしょう？　薫さんと一緒に探索をしてみたいと思っていらっしゃるようだった」

「へえ？」

「もしも――ですよ」

「うん、もしも？」

「薫さんも一緒に梅乃さまの櫛さがしをしていたら？　きっと、梅乃さまは私などより
ずっとずっと薫さんのお役に立ったに違いない。おふたりが力を合わせて櫛の謎を解い
て――私などいらなくて。そのまま、梅乃さまが薫さんの下っ引きになってしまったら
……。嫌だなと思ったんです」

「――はぁ？」

薫は、あんぐりと口を開けた。

「そんなくだらないことだったの？」

「くだらなくなんてありません」

「いや、くだらなさ過ぎるよ」

「私は気になったんです」

「あたしの下っ引きは芽衣だけだよ。だって芽衣は言ったでしょう？　芽衣がここにい
ますよ――って」

薫の母が亡くなったときのことだ。

泣きじゃくる薫のそばで、芽衣は約束したのだ。

そのときから、そこは芽衣だけの場所になった。

「自分でそう言ったくせに」

薫は呆れ果てている。

その姿を見ていたら、芽衣も、自分の愚かさを認めざるを得なくなってしまった。確かに、くだらないことをした。

薫との約束を違《たが》え、裏切ってしまったような思いも湧き、悲しくなる。

「ごめんなさい」

思いのほか、情けない声が落ちた。

すると膝の上の猫が目を開き、芽衣の手を舐めた。

「ありがとう、大丈夫よ」

芽衣もやさしく、猫の首を撫でた。

猫と飼い主の実に美しい光景なのだが、薫としては〝あたしのことはなぐさめもせずに無視するくせに〟と、面白くない。

そのうちに猫は伸び上がり、芽衣の頬に鼻をこすりつけたり舐めたりし始める。

「あらあら。甘えん坊さんねえ。――でもあれよね、元はといえば薫さんが、梅乃さまと楽しげにお話をしていたのがいけないのよね、猫ちゃん。だから私はいらない心配をしてしまったの」

「……いつあたしが、梅乃さまと楽しげに話なんかしていたというの」

「最初に、うちの門の前で梅乃さまたちとお会いしたときですよ」

薫は、眉を寄せて首をかしげる。そんな覚えは、まったくない。

「ああいうとき、いつもの薫さんなら返事もしないでぶすっとしているのに、ちゃんと答えてあげていたのよ、猫ちゃん。びっくりするでしょう？」

猫は、まるでそれに同意するかのように、にゃあんと鳴くのだ。まったく忌々しい。

「あんなの、無理をしただけに決まってるじゃないの」

薫が呟き、

「え、なんですか？」

芽衣は猫から目を上げた。

「無理して梅乃さまと話をしていたんだよ、あたしは。だってあの人たち、芽衣の仲よしなんでしょう？　だったら感じをよくしておかなくちゃと思って」

「――私のため、ですか？」

「他になんの理由があるの」

「……私のため」

芽衣は、ふんわりと微笑む。

「どうして、そんな簡単なことがわからないの」

薫は不機嫌に言うものの、芽衣がにこにこしているのでどうでもよくなり、

「まあいいや。それより、お団子でも食べに行こうよ。お駄賃もらったし」

「薫さん、無駄づかいはだめですよ」

「でも芽衣、玉屋のお団子、食べたいって言っていたでしょ」

「あ、ごめんなさい、それは梅乃さまと一緒に食べてきてしまいました」

「……どっちが、梅乃さんと楽しげにしていたんだか」

薫はむくれ、芽衣にしっかり抱きついている猫が、嘲笑うようにこちらを見た。

あちらにもこちらにも、今日も、のどかな幸福が満ちている。

第二話　姫君さまの犬

一

大あくびをした琴姫の顔を、膝にのせた狆《ちん》が不思議そうに見上げている。

「のどかすぎて眠いのじゃ」

つぶらな瞳に、琴姫はそう答えてまたあくびをした。

永田町にある一色家の上屋敷、その奥。一色家は、三河国豊城藩の藩主である。

狆と共に縁に座り、庭をながめていた琴姫に、部屋の中から世話係の女中・成瀬が声をかけた。

「姫さま、源氏物語の続きをお聞きになりませんの？」

ここのところ毎日、少しずつ源氏物語を読んでもらっている。することがなく退屈だと訴えたら、読み聞かせがうまいと評判の女中を、継母が寄こしてくれた。

「昨日は須磨の巻が終わりましたでしょう、いよいよ明石の巻ですよ。明石の方が出てくるのです。面白くなりますよ」

成瀬はそう言うのだが、琴姫は、大昔の宮廷での色恋沙汰にはどうも興味が湧かない。それ以前に、ずっと座したままおとなしく物語りを聞いているのが苦手である。

体を動かして遊びたい。庭に降りて走りまわりたい。

以前、庭の池で金魚すくいなるものをしたことがある。町の子どもたちの遊びのひとつだと母から聞き、自分もしてみたいとせがんだのだ。

あれは楽しかった。池にたくさんの金魚を放ち、大きな網ですくうと水草や泥まで取れて、手足も顔も着物も汚れて大騒ぎ。

昔は楽しかった、自由だった――と、またあくびをする。狆もまた、琴姫を仰ぎ見る。

この狆も、犬を飼いたいと言ったら継母が贈ってくれた。おとなしくて愛らしく、申し分のない犬なのだが、琴姫が飼ってみたいのは実は、元気な犬だったのだ。出来たら雑種がいい。しかし、大名家の奥で暮らす姫君に似合いの犬は、狆なのである。

面白くなるというのなら明石の巻を聞いてみようか――そう思ったちょうどそのとき。

まさに、琴姫が望んでいた通りの犬が、庭に迷い込んできた。

勢いよく走って来たかと思うと、琴姫の目の前で立ち止まる。

柴犬だろうか。面長な顔に引き締まった体。毛の色が変わっている。耳だけが濃い茶色で、あとは真っ白なのだ。

「おまえ、どうしたの?」

訊ねても、もちろん犬は答えない。

「どこから来たの?」

きょとんと琴姫を見上げ、次に狆へとその目を移す。

一瞬で、二匹は意気投合をしたようだ。

犬は、わんっと吠えて喜びの声を上げげると、前足を伸ばして縁に飛び乗ろうとする。

気づいた成瀬の悲鳴が響いた。

「誰か! 誰か! 犬が!」

叫んでいるが、琴姫は臆さず犬に近づいた。頭を撫でると、犬は嬉しそうに懐いて来る。

「姫さま、危のうございます。これ、犬、離れなさい、これ!」

成瀬は、元気で大きな犬が苦手で近づいてこられないのだが、琴姫を守ろうと騒いでいる。

「琴は、この犬を飼おうと思います」

騒ぎなどものともせず、涼しい顔で琴姫は宣言した。

「今日からこれは、琴の犬」

「姫さま、ですが狆が……」

「心配はいりませんよ。ほら、ごらん。二匹はこんなに仲よし」

琴姫の言葉どおり、犬が興奮して吠えたり走ったりしても、狆は楽しげにそれを見ている。

「二匹とも、琴の犬じゃ」

茶丸と名づけられた犬は、こうして琴姫の大事な友だちになった。

二

「もういいかげん、ご機嫌を直したらいかがですか、薫さん」

呆れる芽衣に返事もせず、薫はふて寝をしている。

蔵前片町の札差、森野屋の離れ、薫の住まいである。

芽衣はふたり分の茶を淹れ、かりんとうを盛った鉢を前に座り、薫の気を引くように食べ始めた。

「おいしいですよ、薫さん。薫さん好みに硬いです」

「……硬いのはいや。かりんとう、いらない」

「いつもは歯が欠けそうなくらいに硬いかりんとうでないと食べないとわがままを言うのに。ねえ、猫ちゃん。困った薫さんですね」

声をかけられた猫は、答えるそぶりも見せずに芽衣の膝に乗り、気持ちよさそうに目を閉じた。

「……納得がいかない」

「硬いかりんとうに、ですか？」

「源五郎に、だよ」

「だからもうそれは忘れてご機嫌を直しましょうよ」

源五郎は、芽衣の父・文太郎の手先のひとりである。

薫と芽衣が三四郎を手伝い、探っていた事件が昨日、源五郎の活躍で一気に解決してしまったのだ。薫も芽衣も、源五郎が動いているとは知らなかった。

「あちらは父上の手先ですもの。兄上よりも父上のほうが使っている者も多いし、情報もたくさん持っていらっしゃる。どうしてもこちらが後れを取ってしまうことがあるのは仕方がないでしょう」

「だったら、あたしも文太郎の手先になる」

「兄上のような下っ端だからこそ、私たちみたいな女の子を使ってくれているのです。そこはわきまえましょうね」

薫は返事をせず、ごろんと転がり仰向けになった。

しばらく天井を睨みつけていたが、ふいに起き上がる。

「食べる」

手を出してくるので、かりんとうを乗せてやった。

すると、上り口から、

「薫さんは、いらっしゃいますか」

と、声がする。

「はあい」

芽衣が答えた。薫は無言でかりんとうを食べている。立ち上がろうともしないので、芽衣が応対にも立った。猫は心得顔で、すっと膝から降りてゆく。

上り口には、商家の手代風の男と、御高祖頭巾《おこそずきん》をかぶった怪しげな女がいた。

「薫さんですか？」

男が芽衣に訊ねる。

「いえ、私は薫さんの下っ引きの内藤芽衣です」

「ああ、なるほど」

男は神妙に頷いている。

「で、薫さんは」

「奥で拗ねて寝ています」

「——え」

男は戸惑い、

「拗ねてなんかいませんよ」

奥から薫が出てきた。

薫は、男と、御高祖頭巾の女を無遠慮にながめた。

「あんたたち、誰」

「わたしは尾張町《おわりちょう》の紙店《かみだな》、松井屋の手代で佐太郎と申します。そして、こちらは——」

薫と芽衣が見つめる中、女はゆっくりと頭巾を取った。

ふたりと変わらない年ごろの娘である。町娘のなりをしているが、

「武家のお嬢さんだ」

薫は一目で見破った。

「三河国豊城藩藩主、一色家の琴じゃ」

娘は、にこりともせずに名乗った。

「お大名のお姫さま」

芽衣が、大きく目を見開いた。

しかし薫は、胡散臭《うさんくさ》そうに訊ねる。

「本物なの？」

「本物の琴姫さまですよ」

佐太郎が苦笑した。

「松井屋のお嬢さんが一色家にご奉公に上がっているご縁で、わたしが姫さまをお預かりし、こちらにお連れしました次第で」

「ふうん。で、こんなところに何をしに来たの？」

納得はしたようだが乱暴なままの薫の言葉に、芽衣は慌てた。

「薫さん、無礼ですよ」

しかし芽衣にも、この姫君を一体どう扱っていいものやら見当もつかない。とりあえず、こちらが框《かまち》から見下ろしているのはよくないと、土間に降りようとしたのだが、琴姫が制した。

「そのままでよい」

そして、さっさと框を上がり、そのまま奥へと進んでゆく。

「わたしは、外でお話が終わるのをお待ちしております」

佐太郎は言い、出て行った。

「――どうしましょう、薫さん」

「とにかく話を聞こう」

ふたりが居間に戻ると、琴姫は、畳に散らかっていた草紙や手ぬぐいなどをどけ、上座に当たる場所に座していた。その膝には、お姫様の飼い猫然とした気取った顔の、猫がいる。

「お茶なんかお飲みになるのかしら」

「そりゃ飲むでしょう」

「お菓子は、かりんとうでよいかしら」

「文句を言うなら食べさせなければいいよ」

襖の陰でこそこそ話すふたりを、琴姫は真っすぐに見た。

「おまえたちも、お座り」

まるで、この家の主であるかのような威厳を放っている。

「あたしの家なのに」

文句を呟きはするが、薫は素直に腰を下ろし、芽衣は茶を淹れることにした。

「それで、一色家のお姫さまがなぜこんなところにいらしたのですか」

薫が訊ねると、琴姫は神妙に言った。

「琴の犬を捜して欲しい」

「……犬？」

「そう。茶丸という。可愛がっていたのに、急に姿を消したのじゃ。捜して欲しい」

「犬なんて、このお江戸には掃いて捨てるほどおりますよ。捜して欲しいと言われても、捜しようがありません」

「……森野屋の薫さん、娘岡っ引きの薫さんでも無理なのか？」

「無理です。いやその前に、姫さま、犬を捜したいのならお家の誰かに頼めばいいでしょう？　大名家で、姫さまのお犬を捜す役目にあるのが誰なのか、あたしは知らないけど」

「薫、琴はそなたに茶丸を捜して欲しいのじゃ」

琴姫があまりに大真面目に言うので、芽衣は興味を持って訊ねた。

「なぜ、薫さんに？　それになぜ、一色家のお姫さまともあろうお方が薫さんをご存知なのです？」

琴姫の前に、湯呑みを置いた。姫はそれを見るのだが手を出さず、

「あれは、かりんとうか？」

菓子鉢を目で示す。

「はい。召し上がられますか？」

「うむ」

しかし口に入れると、

「硬い」

文句を言う。すると薫も、

「申し訳ありませんね、あたしの好みなんですよ」

むっとし、文句を言う。

はらはらする芽衣を尻目に、琴姫は笑い声を上げた。

「面白い」

不機嫌に黙り込む薫を見、ただただ琴姫は楽しげだ。

「綾から聞いた話だと、薫はもっと賢げな、気取った女子に思われた。それはそれで面

白いのだが、本物の薫のほうがもっと面白い」

「それはそれは——面白がっていただけて光栄ですけど、綾って誰ですか？」

「綾か？　綾は、松井屋の娘じゃ」

「一色さまにご奉公に上がっているという？」

芽衣が訊ね、琴姫が頷く。

「綾は物語を読むのがうまい。琴は毎日、源氏物語を読んでもらっている。源氏に興味はないのだが、綾が姫君たちになりきって、泣いたり嘆いたり、時には世にも恐ろしげな声を出したりもするものだから、まあまあ退屈しないのじゃ」

「源氏物語は、どうでもいいです。あたし、その綾って人を知りません。知らない人に知らないところで自分のことを噂されていたと聞くのは気味が悪い」

「いやだ薫さん。それだけ薫さんが評判を取っているということですよ」

芽衣が、嬉しげにくすくす笑った。

「そう。綾もそう言っておった。茶丸がいなくなり、屋敷の誰もが、元々が迷い込んできた犬なのだから飼い主のもとに帰っただけだろうと、琴をあきらめさせようとしたのだが、綾だけが違っていた。薫という岡っ引きとして評判の娘がいる、その娘ならば茶丸を捜し出してくれるのではないか——と」

「それで松井屋の手代まで巻き込んでここにいらっしゃったわけですか」

「うむ。そういうことだ」

琴姫は事の次第が伝わったことに満足したようで、湯呑みを取り上げ、茶を一口すすった。

しかし薫は納得していない。

「なるほど、そういうことだとはわかりましたけれどね。あたしはお上の御用を預かる者です。迷い犬を捜す御用を請け負う、よろず屋ではありません」

「違うのか？」

「違いますよ。あたしは三四郎の手伝いをして――」

「三四郎とは誰じゃ」

琴姫が、芽衣に訊ねた。

「私の兄です。八丁堀の同心見習い」

「ふむ」

「お江戸に起こった難事件を解決して――」

「そして、兄からお駄賃をもらうまでが薫さんのお仕事です」

「駄賃か」

琴姫は頷いた。

「では、琴が駄賃を与えよう」

何か反論しようとしていたらしい薫が、ぴたりと黙った。

「それでよいか？」

「どうしましょう、薫さん」

薫は、なかなか答えない。

芽衣も琴姫ものんびりと、薫の口が開くのを待つ。

薫はかりんとうを食べ、茶を飲み、まるで熟考しているかのように装っていたが、やがて言った。

「で、その犬は何色の何犬なんでしょう？」

三

背筋をぴんと伸ばし、真っすぐに前を向き、琴姫は永田町の屋敷への帰り道をゆく。

自分の足で外歩きをするのなど初めてのことだが、心が浮き立っているからか少しも疲れを感じない。

琴姫から一歩下がり、佐太郎が付き添って行く。

「楽しいのう」

琴姫は、振り向くことなく佐太郎に言った。

ただ歩いただけでも江戸の町はにぎやかで興味深い。そして、薫と芽衣は思っていたよりもっと面白いふたりだった。

自然と笑みがこみあげる。

「また出かけよう」

「いけませんよ、姫」

「いや、琴は行く」

琴姫の足は弾む。


屋敷に戻った琴姫が、いかにも今まで別の部屋におりましたよという顔で居間に顔を出すと、成瀬がのんびりと言った。

「お目覚めになられましたの？」

「うむ。よく眠った」

琴姫は、そ知らぬ顔で答えた。

綾と佐太郎の手を借り、屋敷の者には内緒で抜け出したのだ。綾がうまくごまかし、昼寝中ということにしてくれていた。

「ちょうどようございました、奥方さまがおいでになられたところで」

見れば、床の間を背に継母が座している。

「今日は共に綾の物語りを聞こうと思い、参りましたよ」

と微笑んだつもりなのだろうが、こちらは威圧されたような気分になる。とにかく存在感が強いひとだ。

継母は、名を雪姫という。当主の正室だが、子はいない。後継の男子は側室が産んでおり、琴姫のような女子も他に幾人かいる。正室に子がなくとも、一色家は安泰である。

華やかで美しいひとなのだが、女性らしいやわらかみがない。常に厳めしい顔をし、礼儀正しく、そして厳しく琴姫にも接する。

このひとと源氏物語のような艶やかな物語を聞くのは、なにやら不思議な気分である。

琴姫は十五歳。薫と芽衣と同い年だ。

側室の子で、国元で生まれ育ち、半年前に江戸へ上って来た。

さる大名家への輿入《こしい》れが決まり、江戸屋敷で正室――つまりこの雪姫の養女として、しばらく教えを請うことになったのだ。

「そういえば」

雪姫が、去り際に言った。

「犬がいなくなったそうですね」

「茶丸でしょうか」

「そう、狆ではない犬」

「はい、いなくなってしまいました」

「それは残念なこと」

小袖の裾をひらりと返し、行ってしまった。

一方、森野屋の離れである。

「驚きましたね、こんなことが起きるなんて」

琴姫が使った湯呑みを盆にのせ、芽衣は、ほうっと息を吐く。

「お大名の姫君とお会いすることがあるなんて、思ってもみませんでした」

「あたしもだよ」

「でも、もうお会いすることもないのかしら」

「だろうね」

付き添っていたのが屋敷の者ではないことから、琴姫が誰にも内緒で屋敷を抜け出してきたのは容易に想像がついた。

だから薫は、

『また来る。それまでに犬を捜しておいてくれ』

そう言う琴姫に、きっぱりと首を振ったのだ。

『犬さがしは引き受けましょう。でも、姫さまはもう二度とここへいらっしゃってはいけません。犬が見つかったら、こちらからお屋敷へご報告に参ります』

といっても、琴姫への目通りが叶うとは思えない。応対に出た誰かに犬を渡して終わりだろう。

琴姫は納得がいっていない様子だった。しかし、永田町からここまで、行き帰りの道中に何か危険なことが起きてしまったら佐太郎にも綾にも松井屋にも迷惑がかかるのだと説き、反論は封じ込め、佐太郎を呼び込んで帰してしまった。

「……残念です」

芽衣はため息をついた。

「あのお姫さま、面白い方でしたよね。もう少しお話をしてみたかったです」

芽衣は立ちあがり、盆を持って上り口へ向かう。

この離れで煮炊きは出来ないが、上り口の土間に水桶と流しがあり、洗いものだけは出来るようになっている。

湯呑みを洗いながら、犬は見つかるだろうかと芽衣は考えた。

いや考えるまでもなく、この大江戸で、なんの手がかりもなくたった一匹の犬が捜し出せるとは思えない。茶丸のように特徴の際立った犬であっても、だ。

おそらく捜しても捜しても見つからず、どこかであきらめてお屋敷へ報告に上がり、それで終わりとなるのだろう。

そのとき、ちらりとでも琴姫に会えたらいいなと願いながら、芽衣は居間に戻った。

薫は、腹ばいになって寝そべりながら草紙を見ていた。薫から遠いところでやはり寝そべっていた猫が起き上がり、芽衣の足元にじゃれついてくる。

「何を読んでいらっしゃるの？」

猫を抱き上げながら、芽衣は訊ねた。

「角斎のおっちゃんに押しつけられたやつ。おっちゃんが描いたんだってさ」

浮世絵師を名乗る歌川角斎、久々に得た仕事だというのだが、馴染みの版元がお情けで回してくれた、子ども向けの読み物である。

「面白いですか？」

「別に」

「薫さん、明日から茶丸さがしを始めますか？　どこからどうやって当たればいいのでしょうね。薫さんは、どう考えていらっしゃいます？」

訊ねると、薫は草紙から顔を上げもせずに言った。

「え、芽衣、犬さがしをするつもりだったの？」

「え？」

「捜さないよ」

「でも」

「見つかるわけがないでしょう？　無駄に江戸中を歩きまわって疲れるだけだよ」

「でも、琴姫さまには犬さがしを引き受けるっておっしゃいましたよね、薫さん」

「うん」

「嘘をついたんですか」

「嘘――うーん、嘘と言えば嘘かなあ」

「このまま放り出してしまうつもりですか？」

「時期をみて、一色家のお屋敷に報告には行くよ」

「捜したけど見つかりませんでした――と嘘をつきに行くの？」

「そういうことだね」

薫には、なんの罪悪感もなさそうだ。さらに、

「お駄賃をもらわなくちゃいけないし」

とまで言う。

「薫さん、報告に行くのはいいと思いますよ。それが嘘の報告でも、まあ仕方がないのかもしれません。本当は、きちんと捜してみるべきですけれど、実際のところやはり、茶丸が見つかる可能性は低いと思いますし。でも、お駄賃はいりませんと言いましょうね」

「いやだ」

薫は、やっと草紙から顔を上げた。

「だって、この前の件、源五郎に手柄を取られたから、お駄賃も値切られたんだよ」

そのときの悔しさを思い出したのだろう、薫は本気で怒り始める。

「だめですよ。お駄賃を騙し取るなんて」

「でも芽衣」

「だめです」

芽衣は、厳しく言い放つ。

ふたりはしばらく睨み合っていたが、こういうときに折れるのは大抵、薫だ。

「……わかったよ」

ふてくされ、八つ当たりのように草紙を放り出す。

「わかっていただければいいの。――ね?」

芽衣は猫に笑いかけ、猫は薫をあざわらうように甘く鳴いた。

四

というわけで、琴姫と会うことはもうないだろう、ふたりはそう思っていた。

お江戸は平和で、三四郎がふたりに手伝いを頼んでくることもない。しかも今日は雨ふりだ。

「……退屈」

薫は、何か楽しげなことはないかと辺りを見まわした。すると、猫が気取った顔で居間に入ってくるのが見えた。

何かして、猫を驚かせてやったら面白い。そのための道具を探そうとしたのだが、見つかるより早く、猫は薫の思惑に気づいた。そして、ふうっと歯を剝き威嚇を始め、これはこれで面白いと薫が身を乗り出し――。

「あら、どうしたの、また薫さんにいじめられたの？」

芽衣がやって来た。

猫は、威嚇の仕草をさっと消し、いかにも儚《はかな》げに、くうんと鳴いた。

芽衣は、猫をすくい上げて抱きしめる。

「大丈夫よ、芽衣がこうしていてあげますからね。薫さんは怖くない、怖くない」

「……あたしのどこが怖いというの。その猫のほうがよっぽど怖いわ」

「なんですか、薫さん？」

芽衣が楽しげに微笑んだところへ、

「薫はおるか？」

上り口から声が聞こえた。

ふたりは驚いて目を合わせた。

「あの声は」

「まさか、琴姫……」

慌ててそちらに向かうと、琴姫が土間に立ち、背後には佐太郎が控えている。

「どうだ、茶丸は見つかったか？」

琴姫は目を輝かせ、薫を見つめる。

「え……」

珍しく、薫は返す言葉を見つけられずにいる。

「まだだろうとは思ったのだが、今日なら佐太郎がまた付き添えるというので来てみた。雨の中、傘をさして歩いたのは初めてじゃ。楽しかった」

子どものように無邪気な笑顔である。

「二度と来てはだめと言いましたよ、あたしは」

「うむ。しかし無事に屋敷を出られたからな」

「そういう問題ではなくて」

呆れる薫には構わず、琴姫は勝手に框へ上がり、当たり前の顔で居間へ向かう。芽衣が、あわてて後を追う。

続こうとした薫を、佐太郎がそっと呼び止めた。

「わたしは、外で控えておりますので」

「いや待って、どういうことなの？」

「琴姫さまが、どうしてもとおっしゃって」

「何があっても知らないよ、あたしは」

脅すように言っても、佐太郎は、ふっと笑うだけだ。

来てしまったものは仕方ない。薫は、あきらめることにした。

「あんたも中に入ればいいのに」

「とんでもない」

佐太郎は首を振り、出て行った。


「犬は、まだ見つかっていないんですよ」

居間に戻ると、薫は神妙な顔で言った。

「お江戸に犬は、何匹も、何百匹もいますからねえ」

薫は、長火鉢の前に腰を下ろした。

芽衣が、茶を淹れて煎餅を勧め、琴姫の世話を焼いていた。猫はまた、ちゃっかり琴姫の膝の上に収まっている。

「耳だけ茶色であとは真っ白な犬というのは、そうそうおらぬと思うのだが」

「確かにそうです。だから最初は簡単に見つかるのではないかと思い、聞き込みを始めたのですけれどね、とにかく犬は多い。飼われている犬も、野良犬も。どこから手をつけたらいいのか。闇雲に探ってみても、どうにもなりません」

「そうか……」

琴姫は肩を落とし、猫の首を撫でた。猫は、すっかり琴姫に気を許している。

芽衣は、おとなしく口を閉じていた。

捜してもいない犬を一生懸命、捜していたかのような嘘をつくのは気が咎《とが》めるが、こうして屋敷を抜け出してくるようなことは、やはり良くない。この嘘は、悪い嘘ではないはずだ。

「このまま捜し続けはしますが――」

薫は、きりっと引き締まった岡っ引きらしい顔で言う。

「見つかることはないのでは、と思いますよ」

「もう会えぬのか、茶丸と」

琴姫は、すがるように薫を見る。しかし薫は、無情に首を振る。

「あたしと芽衣が、これだけ捜しても手がかりすらなかったのです。見つかることはないでしょうね。もちろん、琴姫さまのお気のすむまで捜し続けはしますけれど」

「……そうか」

しゅん、と肩を落とす琴姫に、芽衣の胸は、きゅうっと鳴いた。

「なにも、絶対に見つからないと決めつけなくても——」

つい、そんな言葉が口から出た。

「芽衣」

薫は、厳しく芽衣を見据えた。

「無理なものは無理なんだよ。仕方がない」

「でも、もう少し捜してみても——」

「よいのじゃ、芽衣」

琴姫は、寂しげながらもけなげに微笑む。

「もうよい。無理とわかるまで捜してくれただけで、琴は嬉しい」

芽衣の胸は、今度は申し訳なさに痛んだ。薫の話はすべてが嘘なのに。

「造作をかけた。駄賃は約束通りに渡そう」

「ありがとうございます。結局、犬は見つからず、申し訳ありませんでした」

薫は、さばさばしたものである。

これでは本当に、琴姫を騙してお駄賃をまき上げることになってしまう。しかし、それを言えば嘘が知れる。芽衣はひとり、葛藤した。

「いや、茶丸は見つからずとも琴はこの数日、とても楽しかった。屋敷を抜け出すのも、市中を歩くのも。屋敷におっても薫と芽衣は今ごろどこで茶丸を捜してくれているのだろうと思いを馳せて。嫁ぐ前の、よき思い出になった」

「嫁ぐ？　琴姫さま、お嫁にいらっしゃるのですか？」

芽衣は訊ねた。

「うむ。琴は、輿入れのために江戸へ来た。ひとりで来たのじゃ。母上とお別れして」

「――まあ」

「仕方のないこと。輿入れはひとりでするものじゃからの」

「確かに」

薫が神妙に頷く。

「しかし、江戸の屋敷は退屈でのう。国元ではもっと自由があったのに。こちらでは、大名の奥方になるためのたしなみを教わる以外はすることがない。楽しいことなど何もない。――いや、綾の物語りを聞くのは楽しい。しかしそれも、源氏があちらこちらで恋を楽しむ姿がどこかせつなくてのう」

「わかります。源氏の恋は儚くて悲しくて――」

「いや違う。源氏がうらやましくなるのじゃ。琴は、夫となる方について何も知らぬ。

一度、お会いしたことはあるのだが、話は何もしておらぬ。源氏はよいのう、恋とはどんなものであるのかのう」

琴姫は、あからさまなほど嘘くさいため息をついた。

薫の眉が、ぴくりと動く。

しかし芽衣は、琴姫の言葉を素直に受け取り、しみじみと頷く。

「母上さまとお別れして、おひとりでいらしたのですものね。さぞ、お寂しいことでしょう。そして、見知らぬ方に輿入れなさるのですから不安もおありになるでしょうし」

「うむ。それでも茶丸がおる間は、なぐさめられたのだが」

「大事なお友だちだったのですね」

「でも、もうよい」

微笑む琴姫はとても美しいのだが、どこか寂しい。芽衣の胸が、ますます痛む。

しかし、薫は晴れ晴れとした笑顔で、

「ま、そういうことで」

お駄賃をもらうために手を出したいのを、さすがに無礼と堪えているのがよくわかる。

「だめですよ」

芽衣は思わず声を上げた。

「……何、芽衣」

薫が眉をひそめる。

「だめです。お駄賃をいただいてはだめ」

「琴姫がいいと言っているのだから――」

「やっぱりだめですよ、薫さん。茶丸を捜して差し上げましょう」

「でも芽衣、見つかると思うの？　このお江戸で、何日も前に行方知れずになった犬が」

「見つかるとは――思えませんけれど……」

「でしょう？　無理なものは無理」

「そうじゃ、芽衣。もうよいのじゃ」

「でも……」

このまま琴姫を帰したら、このまま琴姫を嫁がせてしまったら――生涯、消えない悔いが残る気がする。

芽衣はこの姫君が好きだ。せっかくこうして出会ったのだ、せめて輿入れ前の思い出を、もっと豊かにしてあげたい。そのためには――。

「そうだわ、姫さま、茶丸さがしにご一緒なさいませんか？」

気づけば、芽衣の口からそんな言葉が飛び出していた。

「まったく、なんてことを言い出すの、芽衣」

琴姫が帰ると途端に薫はくちびるを尖らせ、文句たらたらである。

「お駄賃をもらって、そのまま終わりにすればよかったんだよ」

「でも、もうよいと琴姫さまがおっしゃるのを見ていたら、なんだか私まで寂しくなってきてしまったの」

「……おせっかい」

薫は、ぶすっと呟いた。

「おせっかいの何がいけないんですか」

「……いけなくはないんだけどね」

問題なのは、琴姫も、芽衣のそのおせっかいな性格を見抜いたに違いないことだ。

源氏がうらやましいのなんのと言い出したところで、薫にはわかった。前に来たとき琴姫は、源氏物語に興味はないと言い切っていたのだから、あれはおそらく嘘。

犬さがしを続けさせるため、一芝居うったのに違いない。

たまたま芽衣が〝母親と別れる〟という状況に弱かったのも、琴姫にとっては幸運だった。まんまと芽衣は引っかかり、薫は面倒に巻き込まれてしまったというわけだ。

「それにね、お屋敷の誰かに捜させたりせず、わざわざお屋敷を抜け出してまで私たちに頼んでいらしたのは、お輿入れの前に外に出てみたかったとか、そんな思い出づくりのためでもあるのではないかと思うんです。ここへ来る行き帰りの道すがらですら楽しんでいらしたみたいだし」

「あのお姫さまなら、まあ、そういうことをしでかしそうだね」

「そのお気持ち、私は少しわかります。私だって武家の娘ですもの、本当はこんなふうに自由に歩きまわれはしない。でも、父上も母上も兄上も薫さんを信頼してくださって、薫さんもその信頼にこたえてくださるから。だから私は毎日を楽しく過ごさせていただいています。もちろん、八丁堀同心の娘とお大名のお姫さまと同じに考えてはいけませんけど」

「……なるほどね」

薫は、つい頷いてしまった。

そして結局、真面目に犬さがしを始めると約束することになるのである。いつだって芽衣には勝てない。

「わかったよ。でも一日だけだからね？」

五

翌日には早速、琴姫は茶丸さがしのためにまた、薫の住まいを訪れた。

「さあ、出かけよう。まずはどこへ行くのじゃ？」

琴姫は框へ上がろうともせず、土間で目を輝かせる。が、すぐに眉をひそめた。

その姫を出迎えたのが、薫と芽衣のふたりだけではなかったからだ。ふたりの背後に男が立っている。

「それは誰じゃ」

不躾に、琴姫は男を指さした。

「北町奉行所同心見習い、久世伊織ですよ」

男——伊織は実に愛想よく名乗った。

「江戸の町は物騒ですからね。あたしたちだけで出歩くのは危険だから、この男に付添いとして来てもらいました」

薫が言い、

「伊織さん、こちらは松井屋のお嬢さんのお友だちで、琴さん」

芽衣が、そのように琴姫を紹介する。

「うむ。伊織か。よろしゅう頼む」

琴姫は、鷹揚に頷いてみせた。

「で、どこへ行くのじゃ？」

「犬はおそらく、餌を見つけやすいよう、人が大勢いるところに紛れているはず。ですから、そうですね、日本橋、両国橋、浅草……」

「琴は両国橋へ行ってみたい」

琴姫は声を弾ませる。

「では、両国橋へ参りましょうか。ここからはすぐですし」

今日も、琴姫には松井屋の手代・佐太郎が付き添って来ている。伊織も加えると総勢五人になった一行は、にぎやかに両国橋を目ざした。蔵前から両国橋は、目と鼻の先といった近さである。

「随分と態度の大きな娘さんだな、あの琴さんは」

前を行く琴姫の背中を見、伊織が苦笑した。伊織には、琴姫の素性を話していない。

琴姫は芽衣と並んで歩き、

「大道芸を見たい、天麩羅《てんぷら》を食してみたい、団子もよいな、鮨もじゃ」

などと希望を並べ、ご機嫌である。

薫は呆れて、たしなめた。

「琴さん、あたしたちは犬さがしに行くんですよ？」

「わかっておる」

振り向いた琴姫は無邪気に笑う。

「で、あの娘さん、本当は誰なんだ？」

「松井屋のお嬢さん、綾さんの友だちの琴さん」

「よほどの大店の娘か？」

「そこそこの大店かな」

はぐらかす薫を、伊織はそれ以上、追及してこなかった。


両国橋のたもとには、今日も人があふれていた。

この辺りは元来、火事が出たときに橋が延焼によって燃え落ちるのを防ぐために空けられた火除地である。しかし、火事がなければただの空き地でしかなく、空いた土地があれば何か商いをしようという者が集まってくるのは当然のこと。

見世物小屋が建ち、大道芸人がやって来て、食べ物を売る屋台が並ぶ。

「あれは何をしておるのじゃ？」

琴姫が指さす先には、居合い抜きを見せる芸人がいた。目隠しをし、様々なものを斬って見せるのである。

「あの者も武士か？」

「そうかもしれませんし、そうではないのかもしれません」

芽衣が答えると、琴姫は神妙に頷いた。

「刀剣を使うのは武家の者だけではないのだろうしな」

「それより琴さん、何かいただきましょう。天麩羅にしましょうか、お鮨がよろしいですか、お汁粉《しるこ》もおいしいんですよ、それにお蕎麦なんかも」

「……迷うな」

「でしょう？　私もいつも迷ってしまうんです」

「琴は天麩羅がよい」

「天麩羅。では、穴子と海老がおすすめです」

天麩羅を売る屋台を探し、きょろきょろする芽衣に、薫が苦笑する。

「なんでもいいけど、食べ過ぎないようにしなよ」

「わかってますよ」

ぷん、とくちびるを尖らせてみせ、芽衣は走って行った。琴姫もそのあとに続く。

やがてふたりは、買い込んだ穴子と芝海老の天麩羅を両手いっぱいに抱え、戻ってきた。

「で、これをどこで食すのだ？」

琴姫が首をかしげる。

屋台の食べものは基本、立ち食いするものだが、琴姫にそれをさせるわけにはいかない。

どこか落ち着ける場所はないかと探し、佐太郎が天麩羅屋の裏、大川に臨む土手の上に縁台を見つけてきた。なんのためのものかはわからなかったが、空いているので座らせてもらうことにする。

「まだ温かい」

揚げたての天麩羅に、琴姫が歓声を上げる。芽衣も一緒にはしゃぎながら天麩羅を食べ、薫は黙々と口を動かしながらふたりを見ていた。

中でも一番、たくさんの天麩羅を口に入れているのは伊織である。その様子に、芽衣が微笑んだ。

「伊織さんはきっと私たちの三倍は召し上がると思ったから、たくさん買ってきたんですよ」

「屋台の主が、一体どれだけ揚げればいいのだと怒っていたな」

芽衣と琴姫は、目を合わせて笑う。

「茶丸は、ここにおるかのう」

やがて琴姫が、そわそわと言った。

両国橋のにぎわいや、熱々の天麩羅を楽しみながらも、茶丸を忘れてはいなかったようだ。

「これを食べたら、見世物小屋の裏など捜してみましょうか」

「うむ。そうする」

となると琴姫は、誰より早く天麩羅を食べ終えて立ち上がる。

「行こう」

薫と芽衣も天麩羅を飲み込み、琴姫に続いた。伊織も後からついて来る。かたくなに天麩羅に手を出そうとしなかった佐太郎も、ひっそりと。

「耳だけが茶色で、あとは真っ白な柴犬――ねえ」

伊織が唸る。

「珍しい犬ですよね」

「だから琴は、すぐに見つかるのではないかと思っておった」

「いくら珍しくても、その辺に犬はごろごろいるからなあ。紛れちまうと見つからねえかな」

人混みをぬって歩き、見世物小屋の裏、屋台の裏などを捜した。

水茶屋を見つけた伊織が、茶屋娘に訊ねてみると言って走って行く。

「ねえ薫さん、どうして伊織さんに付添いをお願いしたのですか？　兄上にお願いするほうが簡単なのに」

「それはね、芽衣。琴姫がほら、源氏物語に憧れると言っていたからだよ。せっかくのお出かけなんだから、朴念仁より色男と一緒のほうがいいでしょ」

「ああ――そうですねえ」

芽衣は納得し、ふふふっと笑った。

大名の姫を連れて歩くのに、商家の手代ひとりを付添いにしただけではやはり危なくて心もとない。薫の指示で芽衣が文太郎に頼み、市中見回りの一環ということにして伊織を借り受けたのだ。

「なるほど、あの男がいると現実にもいる源氏を楽しむような気になれるな」

「源氏のような憂いはない男ですけどね」

「それがね、あれでいて伊織さん、それなりに苦労はなさっているんですよ。本来、伊織さんは久世家の家督を継ぐひとではなかったんです。お兄さまがいらしたから。でもその方が亡くなってしまわれたので急遽、跡継ぎということに――」

「へえ。知らなかった」

さして興味はなさげに、薫が言う。

そこへ伊織が戻ってきた。

「そんな犬は見かけたことがないそうだ」

「ありがと。ちょっと訊ねるだけで済むのに、随分と長くかかったね。あの娘とまた会う約束でもして来たの？」

薫が真顔でからかうと、伊織は顔をしかめた。

「しねぇよ」

その後も聞き込みを続けた。薫と芽衣を知っている者もいて、

「その犬が何か事件に関わりあるのかい？」

と訊いてくる。

「いや違う。いなくなった犬を捜しているだけだよ」

「へえ。誰か知る奴がいねぇか訊いてみてやるよ」

「じゃあ俺は、誰か、なんだったか犬の話をしていた奴がいたから訊いてみるかな」

などなど、請け負ってくれた。

時折、犬を見かけもするのだが、どれも茶丸ではない。

「ここにはおらぬかのう」

琴姫がため息をつく。見世物小屋の裏である。

そのとき薫は、そばで妙な具合に風が動くのを感じた。

すぐにそちらへ目をやる。団子屋の屋台の陰に、すっと人が隠れたように見えた。

気のせいか。とは思ったが、用心するに越したことはない。

犬を捜しながらも気を配っていると、何度も似たような人影を見た。まるで、こちらを追っているようにも思われる。

本当に気のせいだろうか……。

「あれはなんじゃ」

琴姫が声を上げ、早足になった。その先に、お手玉のように鎌を操る芸人を囲む輪があった。

「お待ちください」

芽衣が慌てて後を追う。

同時に、薫が気になっていた人影も動いた。どうも、琴姫を追おうとしているように思われる。

その姿が、初めてしっかりと見えた。侍だ。しかも、ひとりではないらしい。同じ動きをする者が、少なくとも三人はいる。

薫も琴姫に駆け寄ろうとした。しかし、

「まかせろ」

伊織が先に走り出す。

男たちはそれに気づき、動きを止めた。目くばせをし合うと、踵《きびす》を返して人ごみに紛れていく。

琴姫は、芽衣が連れ戻してきた。伊織が追った。

「勝手に動いてはだめ」

薫に厳しく叱責され、琴姫はうなだれる。

戻ってきた伊織が、

「なんだか知らねぇが、もう終《しま》いにしたほうがいいんじゃねえか？」

薫に囁いた。

「うん」

次はあちらで訊いてみよう、と屋台を指さす琴姫に、薫は言った。

「いろいろ聞き込みをして、ちょっと見えてきたことがあります。だから、今日はここまでにしましょう」

「もう帰らねばならぬのか？」

「はい」

「では、また明日、琴も一緒に――」

「いいえ、ご一緒するのは今日だけ。あとは、あたしたちが責任をもって捜します。見つかっても見つからなくても、ご報告に上がりますよ」

「そうか……」

「いいですか、もう二度と、あたしたちを訪ねてきてはだめですよ」

薫は、強めの声で言い渡した。

不満げにくちびるを尖らせながらも、琴姫は佐太郎に連れられておとなしく帰って行った。

見送りながら薫は迷っていた。琴姫を、佐太郎を付けただけで帰してしまっていいものか。

「俺も奉行所へ戻るかな」

伊織が、伸びをしながら言った。

「今日はありがとうございました」

深々と頭を下げる芽衣に頷いてみせたあと、伊織は、薫に目配せを送って来た。

「さ、あたしたちも帰るよ、芽衣」

六

琴姫は、もうすっかり慣れた江戸の町を、佐太郎をしたがえて歩く。

「佐太郎――」

振り向くことなく、呼びかける。

「はい」

「そなた、そろそろ嫌気がさしてきたのではないか？　琴の守《も》りなど、商家の手代のそなたには荷が重いだけであろうに。なぜ自分がこんなことを、と腹立たしく思ってはおらぬのか？」

「いいえ、まさか。わたしは姫さまを全力でお守りしなければならぬのです」

「──そうか」

「はい」

「そうだな。綾が、琴をそなたに託したのだからな」

「──はい」

もうすぐ永田町に着く。琴姫の歩みが少しだけ遅くなる。

一色家の上屋敷に戻り、琴姫は、あくびをしてみせながら居間に出て行った。

すると、継母の雪姫がいた。

「おや、起き上がったりして平気なのですか？」

今日は、体調がすぐれないといって床についたふりをしていたのである。

雪姫は、ひっそりと縁に座していた。女中たちの姿はなく、ひとりきりだ。

「はい」

頷いたあとは、どうしたらいいものかわからない。雪姫のそばへ行くべきか、邪魔をしないよう座敷におとなしくしているべきか。

すると雪姫が、こちらへといざなうように目をくれた。

琴姫は、おとなしく雪姫の隣に座った。しかし、ふたりきりなど初めてのことで、間を持て余してしまう。

国元で育った琴姫は、江戸に来て初めて雪姫と対面した。この人の養女として輿入れすることになったとはいえ、それは形だけで、触れ合う機会はそれほどないだろうと思っていた。

ところが何かと気にかけてくれ、こうして共に時間を過ごそうとしてくれたりもする。それはありがたいのだが、とにかく近寄りがたい人のため、何を話したらよいものやらわからない。

「そなたの母御のこと――」

ふいに雪姫が口を開いた。

「殿さまから、うかがったことがある。明るい、楽しい娘だと」

父とこのひとは、側室のことを話題にするのかと驚いた。しかも父は、琴姫の母を褒めていたようだ。夫とそんな話をして、楽しめるのだろうか。

琴姫は、雪姫の様子をうかがい見た。

母について、もっと何か語られるかと思ったのだが、雪姫の目は表情のないまま真っすぐ庭を見つめている。

琴姫の母は、城下で手広く商いをする青物問屋の娘である。行儀見習いとして城へ奉公に上がっていた。そして、殿さまの手が付いた。

明るく楽しい、といえば聞こえがいいが、実際のところは、とにかくにぎやかで騒々しい女。しかし気立てがよくてやさしくて、琴姫にとっては自慢の母である。

城下の暮らしを面白おかしく話してくれて、琴姫が『それを見てみたい、してみたい、食してみたい』と言い出すと、屋敷にいながらにして楽しめるよう叶えてくれた。

今日は、あの頃のように楽しかった。天麩羅はおいしかったし、両国橋のにぎわいにはわくわくして、ただあの場にいるだけで心が浮き立った。

薫と芽衣、ふたりと共に過ごした時間は、本当に楽しかった。

あれこれを思い返し、ひとり微笑むのを、無表情のままの雪姫がじっと見つめていることに、琴姫はまったく気づいていない。


「いたいた、薫親分!」

芽衣を八丁堀に送り届け、永代橋の辺りを歩いていた薫を、呼び止める声がした。

振り向くと、声の主は三十路《みそじ》ふうの女である。裏長屋のおかみさん、といった様子だ。

どうやら前に会ったことがあるようだが、薫はまったく覚えていない。

「捜していたんですよ。見つかってよかった。——あれ、おひとりですか？　芽衣お嬢さんは？」

「いない」

「あら珍しい。まあいいわ。薫親分、ちょいと来て。聞いてもらいたい話があるんですよ」

袖を引っ張られ、薫は女に連れ去られる。

その話というのが興味深いものだったため、すっかり時間を食ってしまった。やっと住まいに戻ると今度は、

「ああやっと帰ってきた。薫さん、ちょっとちょっと」

店の前にいた丁稚《でっち》に呼び止められる。店の者が声をかけてくるのは、めずらしい。いろいろあって疲れきっているので、

「何？」

つい不機嫌に訊ねてしまったのだが、

「お客さまですよ。八丁堀の旦那。離れにお通ししておきました」

と聞き、疲れが飛んだ。

三四郎だろうか。何か手伝いを頼みに来たのか。

お駄賃、お駄賃と浮き立ちながら離れに急ぐと、待っていたのは伊織だった。上り口で框に腰かけている。

「なんだ、あんたか」

「遅かったな」

「ちょっといろいろあった」

「いろいろってなんだ？」

「うん。それより、何しに来たの？」

「あのあと、琴さんと佐太郎が無事に戻るのを見届けてきた」

あの目配せで、それは察していた。

「と、いうことは」

琴姫が帰る先を知られてしまったわけだ。こうなるのはわかっていたが、琴姫の身の安全を守るほうが大事だと、伊織に託した。

「一色家のお姫さまか。それならそうと先に言ってくれよ」

「琴姫をお忍びのままでいさせてあげるには、八丁堀に知られるわけにはいかない」

「確かに、知ってしまったら上に報告して、一色家にも知らせざるを得なくなるな。だから三四郎ではなく俺だったのか」

「俺なら適当に流してくれる、と。だが三四郎なら大騒ぎだ」

「うん」

「でしょう？」

「黙っていていいのかな。あの男たちが気になるが」

「うん。でも、琴姫が二度とお屋敷を抜け出さなければ何も起こらないでしょう？　もう来てはだめと言っておいたし、琴姫が言うことを聞いてくれれば……」

「どうだろうなあ、あのお姫さまは」

「実は、犬のことでちょっと話が動いたんだ。帰りが遅くなったのは、そのせい。犬が見つかろうが見つかるまいが決着をつけて、報告に上がって、琴姫が外に出る理由をなくしてしまえばいい」

「あー、わかった。では俺は、一色家について少し調べてみるか」

伊織は、だるそうに立ちあがる。

「え。あんたが？　何をするにも自分からは動かなくて困ると、三四郎がいつも言っているのに」

驚く薫に、伊織は顔をしかめてみせた。

「うるせぇ。面倒だが、乗りかかったのだから最後までつきあってやるよ」

七

翌日、薫はひとりで動いた。芽衣は琴の稽古日なので、誘うことすらしなかった。芽衣が澄まし顔で琴を弾く姿を思い浮かべて微笑みつつ、薫はひとり、知りたいことを求めて歩きまわった。

さらに次の日、内藤家まで芽衣を迎えに行く。中の口から声をかけると、芽衣が駆け出してきた。

「昨日からずっと待っていたんですよ、薫さん」

「うん。でも昨日は芽衣、出かけられなかったでしょ」

「そうですけど、待っていたんです」

「出られる？」

「もちろん」

芽衣は手早く支度をし、ふたり、並んで内藤家を出た。

「どこへ行くのですか」

「まずは日本橋」

「茶丸のことですか？　兄上のお手伝いは、今は特にないようでずし」

「うん。それがね、一昨日の帰り道で――」

一昨日、八丁堀からの帰り道で会った女に連れて行かれたのは佐賀町《さがちょう》の裏長屋だった。

誰かの住まいの腰高障子を叩き、

「ちょいと！　お高さんはいるかい？」

障子が開くと、顔を出したのは若い女だ。

「あらお鶴さん。どうしたの」

女の名は、お鶴らしい。そして、若い女がお高。

「いい人を連れてきたよ、薫親分だよ」

「薫親分――森野屋の薫さんですか、岡っ引きの」

「はぁ……そうです」

薫は、わけがわからないながらも頷いた。

「犬だよ、犬。お美代ちゃんの。まだ見つからないんだろう？　薫親分に頼んでみたらどうかと思ってね」

「……犬」

薫は呟き、眉をひそめた。また犬である。

「本当ですか？　捜してもらえるんでしょうか」

お高の顔が輝いた。

「いや待って、犬というのは……」

「うちの子の犬なんです。ある日、急にいなくなってしまって。それからあの子、ずっとふさぎ込んでましてね。今ごろどこでどうしているのかと、心配で食べるものも喉を通らない様子だし、どんどん元気がなくなっていくし、捜しても捜しても犬は見つからないし、困りきってしまって」

お高は、ぺらぺらとまくしたてた末に、ぽろんと涙をこぼして泣き出した。

「お美代が不憫《ふびん》で不憫で……」

「そうなんだよ、本当に気の毒でねえ」

お鶴も、もらい泣きをはじめる。

「ね、お美代ちゃんもいるんだろ？」

「いますよ、います」

呼ばれて出てきたのは、まだ幼い四、五歳の女の子。暗い顔をし、頬に涙の跡がある。

今の今まで泣いていたのに違いない。

この子を見たら芽衣が何を言うか。薫にはわかりきっている。

『薫さん、お美代ちゃんの犬を捜さなくてはいけません』

しかし、薫はお上の御用を預かる者であって、失せものさがしを生業《なりわい》とする者ではないのである。

どう断ればいいものか……。

しかし、頭の中で芽衣の声がまわる。

『薫さん、お美代ちゃんが可哀想です。きっと大事な友だちなんですよ、その犬は。いなくなって、どれほど悲しんだことでしょう。私だって薫さんがある日、突然いなくなったりしたら』

「……わかったよ」

頭の中のまぼろしの芽衣に、薫は答えた。そして、お高に向き直る。

「その犬っていうのは、どんな犬なの？　どこへ行ってしまったのか、何か見当がつくことはないの？」

そしてお高は言った。

「ちょっと変わった柴犬なんです。耳だけが茶色で、あとは真っ白の――」

「茶丸だわ」

そこまで話を聞いたところで、芽衣が声を上げた。

「うん。さすがにそんな犬が二匹もいないのではないかと思う」

両国で薫たちが聞き込みをした者のひとりが、お鶴たちも犬について困っていたのを思い出し、

『薫親分が犬さがしをしている』

と教えた。お鶴は、その犬とお美代の犬の特徴がそっくりなことを知って驚き、薫を捜して走りまわったのだという。

芽衣は、お鶴を覚えていた。

「佐賀町の裏長屋の、ご亭主が金魚売りの、お鶴さん。ちょっとおしゃべりが長いけれども楽しい方ですよね。前に何かの事件のとき、ご亭主にお話をうかがいに行ったんですよ。薫さんてば、過ぎたことは何もかも、さっさと忘れていってしまうんですから。本当に困ったひとです」

芽衣は呆れてため息をついてみせるが、薫は気にも留めずに受け流す。

「では、お美代ちゃんの犬が一色さまのお屋敷に迷い込んで、その後、またいなくなっ

て現在、行方知れず、ということなのでしょうか」

「おそらく」

道中、とりあえず必要な話をしながら、薫が芽衣を連れて行ったのは、日本橋にある汁粉屋である。

そこには伊織が待っていた。

「ここだここだ」

席に着き、挙げた手をひらひらさせてふたりを呼ぶ。

「伊織さんが、なぜこんなところにいらっしゃるの」

芽衣は、戸惑いながら伊織の向かいに腰を下ろす。芽衣の隣が薫。

「芽衣さんの気に入りの店だと聞いたのでね」

「確かにそうですけど——あ、ここでいただくのなら絶対に田舎汁粉です。小豆の粒の美しさには驚きますよ。きれいに形が残っているのに、口に入れたらほろっと崩れるの。絶品です」

芽衣の勧めにしたがい、三人とも田舎汁粉を頼むことにした。

「で、一色家に関して何か不穏な動きは見つかった？」

声をひそめ、薫は伊織に訊ねた。

「いや、それが何もねぇ」

「だったら、あの男たちはなんだったんだろう」

「琴姫を尾けているとみたのは見当違いだったかな」

「それか、御家の一大事というほどではない何かが動いているか」

うーん、と唸るふたりを、顔をしかめた芽衣が見据えた。

「おふたりとも、一体なんのお話をなさっているの」

「おい、芽衣さんにはまだ話してねぇのか？」

「うん。ここで説明すればいいかと思って」

伊織は慌て、薫は涼しい顔だ。

「どういうことなんですか」

ぷんぷん怒り出す芽衣に、薫は、あの不審な男たちについて手短に説明した。

するど芽衣は、

「まあ、そんな危険なことが！　私、ちっとも気づきませんでした」

薫さんの下っ引きとして恥ずかしい──と肩を落とす。

「ごめんね。でも芽衣にも知らせたら、琴姫だけが何も知らないことになって、何か騙しているというか、申し訳ないような気持ちになるから黙っていたんだ」

「ああ、なるほど、そういうことか」

伊織が頷き、にやりと笑う。

「それで、今日はこれからどうしましょうか」

懐紙《かいし》で口許《くちもと》をぬぐいながら芽衣が訊ねる。

「犬を捜す」

「どこへ捜しに行きましょう」

「茶丸がお美代の犬であるならば、一色のお屋敷を出てお美代のもとに帰ろうとしたのではないかと思うんだ」

薫は、そう読んだ。

「永田町から佐賀町……。私たちの足だと、一刻以上かかるでしょうか。犬の足ではどうなのかしら。そもそも帰り道をわかっていたのかどうか」

「うん。だからとにかく、一色家の屋敷から佐賀町までを歩いてみよう。犬が見つかるにせよ見つからないにせよ、答えを出して琴姫にお知らせに上がって終わりにして、二度とお屋敷の外に出させない。お大名家の事情なんて、岡っ引きのあたしには与《あずか》り知らないことだ、何も出来ない。それでも琴姫を守るには、犬さがしを終わらせるしかない」

「はい。では参りましょう」

丁寧にごちそうさまをすると芽衣は立ち上がり、伊織を見た。

「伊織さんはどうなさいます？　また見回りから抜けていらしたの？」

「俺も一緒に行く。今日のお江戸は平和だから平気だよ」

あくびまじりに言ってはいるが、護衛のつもりなのに違いない。

「さて、犬が抜け出すとしたらどの辺りかな」

一色家の上屋敷である。なまこ壁を前に、薫は唸った。

一色家は六万石の大名である。それほど大きな屋敷ではないが、ぐるりと取り囲む壁に沿って歩けばそこそこの距離がある。

「ま、どこでもいいか。佐賀町へ向かうには、あっち――」

見定めて歩き出す。

「おいおい」

伊織が、呆れ顔で芽衣を見た。

「いつもこんな勝手な調子なのか？」

「そうですよ」

「俺たちは、薫さんの後をついて行けばいいのか」

「そうです」

「楽といえば楽なのか」

「そんなことありませんよ。薫さん、周りをよく見ないから、気をつけていてあげないと誰かに迷惑を掛けていたり掛けられていたり——あ」

早速、向かいから来た女とすれ違いざま、ぶつかりそうになっている。

「だめですよ、薫さん」

芽衣は咄嗟に手を出し、薫の袖を引いて立ち止まらせた。

「申し訳ございません」

謝りながら相手を見ると、御高祖頭巾の女である。

もしや——と芽衣は思った。薫ももちろん同じように思い、俯いていた女の顔を、顎に手を掛けて上げさせた。

女は、にっこりと笑った。

「琴じゃ」

「——琴姫」

薫は二の句を継げずにいる。芽衣も伊織も同じく、だ。しかし琴姫はご機嫌である。

「なぜ、こんなところに皆でおるのだ？　琴は今から薫の住まいへ向かおうとしておったのだ」

琴姫の背後には、今日も佐太郎が控えている。

「あたしたちは、犬さがしをしようと思って」

「この辺りに茶丸がおるとは思えぬが」

「それが実は——」

薫は、茶丸に似た犬が行方知れずになり、その捜索も頼まれたのだという話をした。

「では、それが茶丸であるのかもしれぬのだな」

「はい。ですから茶丸はお屋敷を抜け出して佐賀町へ向かった可能性もあると思い、足跡を辿ってみようかと」

「わかった。では参ろう」

琴姫は、はりきって歩き出す。

「お待ちください、だめですよ」

薫が慌てて引き止める。

「なんだ？　まだ話があるのか？」

「そうではなくて。もう二度と、あたしたちを訪ねてはだめと言ったでしょう？」

「うむ。しかし琴は、茶丸のゆくえが気になるし、何より薫と芽衣に会いたかったのじゃ」

無邪気に微笑まれ、薫は言葉を失っている。

「面白いな」

伊織が、芽衣の耳にささやいた。

「薫さんが振り回されている。さて、どうするかな」

「ほだされちゃいますね、きっと。伊織さんがいらっしゃるから安心しているところもありますし」

芽衣の見立て通り、薫は琴姫に勝てなかった。

「わかった。今日一日だけだよ」

うんざりしながら頷き、伊織に目をやる。申し訳ないけれども護衛は頼む、と伝えている。

「しょうがねぇな」

伊織が頷き、一行は、茶丸が佐賀町へ向かったのなら通るのではと思われる道を辿ることになった。

薫が先頭に立って行く。

ひとり、黙ってすたすた歩いて行ってしまうので、他の者たちはただついて行くだけである。

「薫はいつも、こんなに足が速いのか？」

琴姫の息が上がり始めた。

「薫さん」

芽衣が声をかけると薫は振り向く。

「何」

「琴姫さまがお疲れです。もう少し、ゆっくり行きましょう」

「うん」

そしてまた黙って歩き出すのだが、少しゆっくりになっている。

「なるほど。こうやって見ていて、何かあれば声をかけてやればいいわけか」

伊織は、頷きながら薫の背を見つめる。

「しかし楽そうでいて意外に疲れるな」

「でしょう？」

芽衣は苦笑した。ちょうど、薫が急に行き先を変え、木戸を抜けて表通りへ入っていったところだった。

「何か探っているときは、周りをまるで見ていないんです。だから私は、薫さんを見て、その周りも見て――大変です」

「今は茶丸の目になって、佐賀町を目ざしているというところかな」

伊織は笑ったが、その笑みがすぐに消えた。

並んで歩く芽衣と伊織の前を琴姫が歩き、一番後ろに佐太郎が控えている。さらにその後ろ。

不自然に風が動いた。

伊織は、無意識に刀の柄に手をやった。そのまま、ゆっくりと振り返る。

ごくありふれた風景だ。店をのぞく者、買い物をする者、足早にどこかへ向かう者、棒手振り、荷を運ぶ大八車。

「どうかなさいましたか？」

佐太郎が、怪訝な顔で伊織を見た。

「いや、気のせいらしい」

伊織は前を向く。と、同時に薫が振り向いた。

「なんだ、薫さん」

驚き、伊織が訊ねるが、答えはない。薫は、すたすたと今来た道を戻り始めた。

「たぶん、何かに気づいたんですよ」

芽衣が苦笑する。皆で薫を追いかけて木戸へ向かうと、また先ほどと同じように風が動いた。

伊織は顔をしかめる。明らかに、誰かに尾けられている。両国にいた、あの不審な輩《やから》だろうか。

何が起きても応じられるよう意識を研ぎ澄ませていると、薫が走り出した。

「待ってください、薫さん」

芽衣が続き、他の皆も続き、そして不審な者たちまで薫に続く。

ぴたり、薫が足を止めた。やはり皆、それに合わせようとするのだが、勢い余り、薫を追い抜いてしまう。不審な者たちも同じく。

「おい！」

伊織が、威嚇の声を上げた。

「何者だ」

ありふれた風景の中、異質なものとして、挙動のおかしい侍ふたりがあぶり出された。

「なんだい一体」

通りがかりの、職人風の男が眉をひそめて侍たちを見る。周りの注目がすべて、そこに集まる。

追いつめられたふたりが向かってくるのではないかと伊織は警戒したのだが、その心配はなかった。ふたりは狼狽し、すっかり腰が引けている。きょろきょろと周囲を見、困った顔で伊織を見、そのあと、目配せをし合うと走り去ってしまったのだ。

「……なんだったのでしょう、今のは」

芽衣が呆然と呟く。

芽衣の隣には、薫。そして琴姫の隣には佐太郎が寄り添い、守っていた。

「ほらね」

薫が、厳しい顔を琴姫に向けた。

「だから、あたしは言ったんです、もう二度と来てはだめだと」

「しかし、琴は――」

「なんだか知らないけれど、今の奴らはおそらく琴姫を狙っていたんだ。一色家に何かが起こっているの？　それとも、お輿入れ先に何か？　あたしたちには関わりのないことだけれど、琴姫が危険なめにあうのはいやだ。お願いだから、お屋敷でおとなしくしていてください」

「犬は捜します。お屋敷にご報告に上がります。だから、お願い」

琴姫は、悲しげに肩を落とす。

「でも琴は、薫と芽衣と共に茶丸を捜したかったのじゃ。そなたたちに、また会いたかっただけなのじゃ……」

「でも、琴は……」

八

「薫さん、あの不審な者たちに気がついていたのですね」

「うん。気にしながら歩いていたし」

「何事もなくてよかったですね」

「うん。伊織も意外に役に立ったし」

薫と芽衣は、ふたりで茶丸さがしを続けている。

琴姫は、佐太郎だけでなく伊織も付き添い、永田町の屋敷へと帰って行った。

ふたりは、佐賀町へ向かいながら八丁堀の近くを歩いていた。

耳だけが濃い茶色で、あとは真っ白な犬を見かけたことはないか——聞き込みを続けながら移動しているうち、この辺りに差し掛かったのだ。

「どうしようか、芽衣。ちょうどいいからこのまま家に帰る？」

「帰りませんよ」

「もうちょっと時間がかかるかもしれないよ？」

ふたりは、聞き込みの中で名の挙がった、とある夫婦に会いに行こうとしていた。

「何をおっしゃるの、薫さん。これは歴としたお役目ですよ。薫親分に、下っ引きの私が従わないわけにはいきません」

「別に、あたしはひとりでもいいんだけどね」

つれないことを言ってはいるが、薫の横顔は嬉しげだ。


「ふたりとも、大儀であった」

永田町、一色家の上屋敷。その裏門で、凛と背を伸ばした琴姫は、伊織と佐太郎をねぎらっていた。

薫から〝二度と来てはだめ〟と言われた以上、琴姫が屋敷を抜け出すことは、もうない。と、いうことは、佐太郎が琴姫に付き添い出かけることも、もうない。

「佐太郎——琴は、そちに守られて歩くのも楽しかった。琴の一生の中、あるはずのなかった時間を、そちのおかげで過ごすことが出来た。おそらくもう二度と会うこともないのだろうが、息災でおれ」

「——はい」

佐太郎は、深々と頭を下げた。

その頭が上がるのを待たず、琴姫は門の中に消えてゆく。

佐太郎は、しばらく頭を上げなかった。伊織は、黙ってそれを見ていた。

やがて、

「では、わたしはこれで」

佐太郎は去って行こうとしたのだが、ふと足を止め、小さな声で伊織に言った。

「先ほどの不審な者たちなのですが、あれは——」

九

「琴姫さま、おさがしの犬を連れて参りました」

一色家の上屋敷の奥。畏《かしこ》まった顔の薫が、琴姫に深々と頭を下げる。

隣に座る芽衣は、緊張で体が固まり、手がふるえそうになるのを必死に抑えていた。

今日の琴姫は、当たり前のことだが町娘のなりをしていない。金糸の刺繡がほどこされた紅色の打掛、華やかな模様のある小袖。髪も、愛らしい簪で飾られている。いかにも大名の姫である。

すっかり圧倒されて縮こまる芽衣に、琴姫は微笑んだ。

「どうした、芽衣。どのような姿をしていようと、中身は変わらぬ。琴は、琴じゃ」

「はい。わかってはいるのですけれど……」

少し緊張はほぐれたものの、芽衣はぎこちなく笑った。

「犬」

薫が言う。こちらは、大名屋敷にも姫君姿の琴姫にも、まったく臆していない様子である。

「うむ。茶丸じゃな。本当に見つかったのか」

「はい」

あの日、琴姫と別れたあとで薫と芽衣が向かったのは、聞き込みの末に得られた情報の中、特に気になった、とある夫婦の家だった。

佐賀町からほど近い、材木町《ざいもくちょう》にある瀬戸物屋。そこで〝耳だけが濃い茶色で、あとは真っ白な犬〟が最近、飼われ始めたと聞いたのだ。それが茶丸であるかどうか、初めて会う薫たちにはわからないのだが、夫婦に事情を話し、連れ出してきた。

「犬は、どこじゃ」

「お庭に」

琴姫は素早く立ち上がり、足早に縁へと向かう。

庭には、犬が一匹、おとなしく座っていた。琴姫が見下ろすと、うぉんと小さく鳴く。体のすべてが真っ白で、耳だけが茶色い犬。

「――茶丸」

琴姫は、そっと囁いて微笑む。

「おまえ、元気だったか」

茶丸の答えは、うぉん。嬉しげに、琴姫へと前脚を伸ばした。受け止めた琴姫は、そのまま茶丸を自分の膝に引っぱり上げる。

「そうかそうか」

茶丸が好きに顔を舐めるままにさせ、琴姫は歓声を上げた。

ひとりと一匹の久々のふれあいが続くのをしばらく待ってから、静かに、薫が琴姫の背後に近づく。

「──姫。それで、どうなさいますか？」

「なんのことだ？」

「茶丸は、もともとはお美代の犬」

「うむ。茶丸が見つかり、お美代とやらも喜び、元気になることだろう」

「つまり──」

「茶丸はお美代に返す。当然じゃ」

「それでよろしいのですか？」

「よい」

茶丸を抱きしめたまま、琴姫は笑顔で薫を振り向いた。

「もとより、輿入れ先に茶丸を連れていくことは出来ぬのだ。大名家の姫にふさわしい犬は狆で、柴犬ではないからの。だから琴は、茶丸がどこかで腹をすかせたりいじめられたりしていないと確かめることが出来ればそれでよいと思っておった」

「……そうですか」

「うむ。それでよいのじゃ」

十

「本当は、琴姫さまは茶丸と離れたくなかったのでしょうね」

森野屋の離れ、薫の住まいの縁側で、膝の上で眠る猫を撫でながら芽衣はしみじみと言った。

一色家の上屋敷を訪ねてから、数日が経っている。

あの犬は、お美代のもとへ連れて行った。お美代はもちろん、長屋の住民たちに大変、感謝をされたのだが、誰かがお駄賃をくれるわけではない。完全に、無私の奉仕である。

しかも薫は、驚いたことに、琴姫からもお駄賃をもらわなかった。琴姫は用意してくれていたのだが、断ってしまった。

『いりません。あたしも、琴姫と出会って、過ごした日々がとても楽しかったから』

お駄賃をもらってしまえば思い出が汚される――そう言って引き揚げてきたのである。

「でもなあ……」

時間が経った今になって、薫は本音をこぼすようになった。

「やっぱりもらってくれればよかったかな。あたし、お駄賃ももらえない無駄な日々を何日、過ごしたんだろう」

「無駄でしたか？」

笑いながら芽衣は訊ねる。

「無駄――ではなかったけどさ」

薫はため息をつき、薄目を開けた猫がうるさいとでも言いたげに唸り声をあげ、また眠り込む。

「あの狆も可愛らしかったけれど、本当は、お輿入れ先にも茶丸を連れていらっしゃいたいのでしょうね」

「狆でいいと本人は言っていたけどね」

「姫君らしく我慢をなさっているだけです。人は、姫君だろうが下々の者だろうが誰しも、本当に好きなものと共にいたいに決まっていますもの」

「琴姫が本当に好きなのは茶丸、でも、姫君の犬にふさわしいのは狆……」

「結局はそういうことであっても、琴姫さまが茶丸と出会えて、楽しいひとときを持つことが出来たのはきっと幸せなことだったのでしょうね」

「そうだね」

「あ、そういえば。琴姫さまを尾けていた、あの不審な者たちはなんだったのでしょう。あれから、一色家をめぐって何か不穏なことが起きているという話は聞きませんけど」

「あれか。伊織に聞いたんだけどね――」

琴姫は、また退屈な毎日に戻っていた。

薫と芽衣のもとへはもう出かけられないし、茶丸もいない。さらには、綾も行儀見習いを終えて屋敷から下がり、自分の家に戻ってしまったので、源氏物語を読んでもらうことも出来ない。

「綾の祝言は、明日でしたか」

雪姫が言った。

今日も雪姫は、琴姫と共に時間を過ごしている。

「はい。そのはずです」

綾は祝言を挙げるのが決まっており、その前に少しでもと花嫁修業に来ていたのである。

「婿を取るのでしたね」

「はい。店の手代と聞きました」

「佐太郎、といいましたか」

「はい。その佐太郎です」

琴姫は、真っすぐ庭を見渡している。

「綾の物語りを聞けなくなったのは残念」

「はい。琴もそのように思います」

「そなたの祝言も間近ですし。寂しくなりますねえ」

ため息をつくように言ったあと、雪姫は、ふっと微笑む。

「嫁いだ先では、お屋敷を抜け出そうなどとは決してしてはいけませんよ？」

「もう二度といたしません」

琴姫は、ほがらかに笑う。

「しかし、継母上がわたくしの冒険に気づいていらっしゃったとは」

「いつも元気なそなたが、病でもないのに昼寝ばかりしておれば、おかしいと思うに決まっております」

琴姫を尾けていたあの不審な侍は、雪姫が付けてくれた護衛だったのだ。

雪姫自身が何かおかしいと琴姫の行動を怪しんだのもあるが、綾が、雪姫に事情を話し、護衛の手はずを整えるよう頼んだのだった。

さすが、綾は名のある店の跡取り娘。琴姫の我がままに加担しつつも、危険なめに遭わせるようなことはしない。

「よい娘でしたね、綾は」

「はい」

「綾の語る源氏物語をもう二度と聞けないのは、本当に残念なこと」

「あの語り口は気持ちに迫るものがありましたよねえ」

「源氏のように恋をするのは、どのような心地のするものなのか、このわたくしにもわかるような気がしてくるほどでした」

珍しく、雪姫が饒舌である。

「恋というものに憧れているわけではありませんが。綾の語る源氏の恋は楽しかった。殿さまが、姫の母御とのお話をなさるのも、わたくしは興味深くうかがっておりましたよ。だから、そなたに会えるのも楽しみにしておりました」

と言っている割に、こちらに寄り添おうとしてくれている気持ちがうまく伝わってこなかったのは、雪姫が不器用な性格のひとであるためだったのだろう。

「おふたりの間にあるものも恋なのでしょうねえ。あれも、綾の物語りを聞くのと同じように楽しかった」

琴姫は目を見張った。夫から聞く側室との話は、このひとにとっては物語りとおなじものだったのか……。

「わたくしは、恋など知らずに嫁ぎました。それは、わたくしたちのような姫君にとっては珍しいことでもなんでもありません。嫁いだあとも恋をする機会などない。ですが、わたくしたちを娶る殿さま方は、恋をすることもあるのですよねえ。うらやましい」

「……恋」

琴姫は呟く。

ふと、佐太郎と江戸の町を歩いた日々を思い出す。

琴姫は、また庭へと目をやった。その顔は、やわらかく、けれどもどこかせつなく微笑んでいた。

第三話　薫さん、富籤《とみくじ》をかう

一

「当たるかなあ」

にやけた顔で富札をながめながら歩く薫の横で、芽衣はすっかり呆れ果てていた。

「とうとう富籤に手を出してしまうとは」

「この一枚が百両になるかもしれないんだよ。夢だよ」

「その一枚を買うのにいくら出したんですか」

「それを言うのは野暮」

「夢になど使わず、お金はお金のまま貯めておくほうがいいと私は思いますけどねえ」

「気が合わないね、あたしたち」

湯島天神からの帰りである。

芽衣は何も知らずについて来たのだが、薫の目的は湯島天神の富籤だった。門前の茶屋で富札を買うと、すぐに「帰る」と言い出した。

富籤は、当たれば確かに百両、ものによっては千両にもなろうという夢だ。しかし、そう簡単に当たるものではない上に、富札は高い。この一枚で、蕎麦が三十杯は食べられるのではないだろうか。

薫は、岡っ引きの仕事をして得るお駄賃を、いつか自分の店を持つ資金にするため貯めてきた。それをこの富札につぎ込んでしまったのである。

「ちまちま貯めるのに飽きた」

と薫は言うのだが、どうやら先日、歌川角斎を訪ねたとき、角斎が絵師仲間と共同で買った富札を見てその気になってしまったらしい。おいそれと手を出せない値であるため、一枚の富札を、数人で金を出し合って買う者たちも多いのだ。

「松の一五八九番」

薫は富札を目の前に掲げ、また、にやけている。

よほど当たったときの夢に酔っていたのか、周囲に気を配っていなかった。それを見透かされたのか。

あっと思う間もなく、すれ違いざまに誰かの手が伸びてきて、薫の富札を奪って走り去る。

「え、何」

慌てて振り向くと、薫たちとさほど歳の変わらない少年の後ろ姿があった。

薫は、無言で後を追う。


このふたりがいるとは知らずに来た三四郎は、驚きながら中に踏み込んだ。

薫は恐ろしいほど不機嫌で、それをなぐさめるように芽衣が寄り添っている。

三四郎が式台から番屋の中をのぞくと、薫と芽衣がいた。


「どうした、おまえたち」

「お知り合いですかい、旦那」

三四郎を連れて来た、当番の男が訊ねる。

「うん。岡っ引きの薫と下っ引きの芽衣」

「えっ、この娘っこたちが？」

「ついでに言えば、芽衣は俺の妹だ」

「それは驚いた」

三四郎は、蔵前の薫の住まいを訪ねるところだったのである。用事があるわけではなく、近くまで来たので芽衣を連れて帰るつもりだった。いつも薫に送ってもらうのは申し訳ないと思っているのだ。

するとこの男と行き会った。きょろきょろしながら走っているので声をかけると、

『いいところで会いましたよ、旦那』

と言うなり三四郎の腕を引っ張り、浅草まで連れてこられたのである。

道々、話を訊いてみると、

『盗みです。やられたのは娘っこふたりでね、片方がとにかく、わーっとまくしたてるんですが、興奮しすぎていて何を言っているんだかまったく……』

ということだった。

「どうしたんだ、薫さん」

ふてくされて座っている薫の前に、三四郎はひざまずいた。

「富札」

薫は、低い声で投げやりに言った。

「富札……？」

「薫さん、富籤を買ったんです」

「なんでまたそんなものを」

「夢を買ったんだよ」

「貯めていたお駄賃をつぎ込んだのか？　もったいない」

「兄妹で同じことを言うんだね」

芽衣は三四郎に目を合わせ、苦笑する。

「で、その富札を盗られたのか」

「掏《す》りみたいなものですね。薫さんが富札を見ていたら、すーっと奪い取って行ってしまったの」

「どんな奴だった？」

「子どもです。私たちと同じくらいか、少し下かしら」

「あたしは追いかけたんだよ。でもあいつの足が速すぎて追いつけなかった」

「そうか。それでここに駆け込んだというわけか」

「薫さんなら、私たちだけで盗人を捜すと言うかと思ったんですけどね」

「冗談じゃない。三四郎を通して探索すれば、お駄賃がもらえる」

今度は三四郎が芽衣に目を合わせ、苦笑いを浮かべた。

「ちょうどよく三四郎が来てくれてよかったよ、話が早い」

薫は、うん、と頷き立ち上がった。

「こんなところで腐っていたら時間がもったいない。さ、行くよ、芽衣」

飛び出して行こうとするのを、三四郎が押さえた。

「いやもう遅いから、明日にしなさい。まずは薫さんを送ろう」

薫は外をのぞき、空が橙色の夕焼けに染まっているのを知ると素直に頷いた。

「わかった。芽衣に夜道は歩かせたくないからね」

二

「旦那さま！」

清吉《せいきち》は、子どもの帰ったあとの寺子屋に、大急ぎで駆け込んだ。

「どうした？」

微笑みながら顔を上げるのは、清吉の主・牧野源之助《げんのすけ》である。源之助は机に向かい、手描きのお手本を作っているところのようであった。

「随分、息が上がっているな。なぜ、そんなに急いで来たのだ？」

「いえ、あの――」

草履を脱いで上がると、清吉は源之助のそばに行き、背後に控えるように座った。

源之助は、ここ浅草花川戸町《はなかわどちょう》にある寺子屋の師匠である。

牧野家は、家康の時代から徳川将軍家に仕えてきた御家人の家格《かかく》だったが、今はその身分を売り払い、町の者として暮らしている。札差への借金がかさみ、行き詰まった末の決断だった。

清吉は十三歳。父が牧野家の小者《こもの》であったため、生まれたときからずっと源之助を〝旦那さま〟と呼び、仕えてきた。こうして落ちぶれてしまった今も、それは変わらない。

「そろそろ腹が減ったな」

源之助は、のんびりと伸びをした。

「一緒に帰るか？」

「はい」

ふたりで寺子屋を出、向かう先は、同じ花川戸町の裏長屋である。

隣り合った住まいに、源之助はひとり暮らし、清吉は母のお峰《みね》とふたり暮らし。

妻と離縁した源之助はひとりぼっち、清吉も父を亡くし、母とふたりきりなのだ。

牧野家の奉公人は、女中がひとりと清吉一家だけだった。高齢だった女中は故郷に帰り、清吉たちは源之助について来た。

「では、夕餉の支度が整いましたらお呼びしますので」

「うむ」

腰高障子を開け、土間へ入ってゆく源之助を見送りながら、清吉は自分の腹のあたりに手をやった。ちょうど帯の上である。そこに、あれを入れてある。

本当は、あれを源之助に見せるため、寺子屋へ走ったのだ。しかし、直前でためらい、思いとどまった。

さて、どうしたものか。

考えながら、自分も腰高障子を開く。

「おかえり、清吉」

元気なお峰の声に迎えられると、清吉はなんとなくのんきな気分になった。

どうせ、紙くずになるに違いないものだ。一応、しばらく隠し持つつもりでいるが、結果が出たあとは捨ててしまえばいいだろう。

「おっ母さん、何か手伝うことはあるかい？」

「じゃ、お膳を出してもらおうかね」

お櫃をのぞきながらお峰は言う。

朝に炊いた飯が、お櫃に残っている。晩は、これを茶漬けにして食べる。

「旦那さまには、きんぴらをお付けしようか。あとは、べったら漬け」

やがて源之助も呼ばれてきて、ささやかだがあたたかな夕餉の時間が始まる。

三

浅草、大川沿いの通りに立ち、薫は唸っていた。

富札を盗まれた翌日である。

「この辺りで見失ったんだ」

真っすぐ前を見据え、顔をしかめる。

「本当に捜すんですか？」

「もちろん」

「当たるわけのないものですよ、あきらめてしまったほうが――」

「いやです」

薫は頑固で、決して頷きはしない。

薫の富札を奪っていった少年は、着物の裾を尻端折《しりはしょ》り、裸足に草履という姿だった。実にすばしっこく逃げていったため、あとの特徴は見逃した。

「――なんだろうね」

薫は、立ちつくしたまま通りの先を見つめて考える。

その隣で芽衣は、薫が人の邪魔にならないよう周囲に気を配る。すると芽衣は、自分を守るのがおろそかになる。

「芽衣、危ないから」

薫が、ふいに振り向き、両手で芽衣を抱き寄せた。

子どものおもちゃを売る行商人が、何かに躓いたのかふらりと倒れかけ、芽衣にぶつかりそうになったのだ。

「すみません！」

小さく細い声が謝ってはきたものの、こちらを見もせず逃げるように去って行った。

「なんなの、あれは」

薫は腕の中に芽衣を囲ったまま、ぷんぷんと怒っている。

「私が不注意だっただけですよ」

「芽衣は、しっかりしているようで抜けているから。気をつけなさい」

「はい」

笑顔で頷いておく。

自分のことより薫さんを放っておけないからですよ、薫さんはしっかりしているけれど何かに夢中になると周りが見えなくなってしまうから——と言いたいところだが、言わない。

薫が言うのは本当のこと。もっとしっかりした娘ならば薫を守りつつ自分を守ることも出来るのだから、抜けていると言われても仕方がない。

こんなふたりだからこそ、たぶん、互いを補い合えるのだろう。

「危ない危ない」

呟きながら、清吉は人混みにまぎれた。

清吉は、子どものおもちゃを売り歩くのを生業としている。竹とんぼ、風車、小さな人形、なんでも仕入れて売る。自分で作るものもある。

今日もあちこち売り歩き、そろそろ昼餉を食べようかと住まいに帰るところだった。

すると、あの娘たちがいた。森野屋の薫と、八丁堀のお嬢さんの芽衣。

まさか、また会うとは思っておらず、うろたえた。そばを通るとき、平静に平静にと心で唱えていたのだが、逆にそれが気負いとなり、ふらついた。

　ところが、ありがたいことに薫が芽衣を支えてくれたので、ぶつからずに済んでしまった。

　謝罪の言葉を呟いて去る。気づけば小走りになり、住まいのある裏長屋に駆け込んでいた。

　息が整わないまま腰高障子を開け、框に座り込む。

「どうしたの、そんなに急いで」

　お峰が目を丸くして訊ねた。膝の上には、縫い物。お峰は仕立ての内職をしている。

「うん、あの……、腹が減ったから」

　清吉は、ごまかし笑いを浮かべた。

「もうそんな頃なのね」

　辺りを片づけ、腰を上げる。

「旦那さまも、お帰りかしら。めざしと、小松菜のおひたしと──」

　お峰が土間に降りようとしたとき、外から嫌な声が聞こえてきた。

「牧野さま、いらっしゃいますかね」

　腰高障子を乱暴に叩く音もする。

「──あいつだ」

清吉は、吐き捨てるように言った。お峰は怯えて身を縮める。

札差が寄こす、借金取り。御家人の身分を売ってもなお、残ったものがあるのだ。そ
れを返すため、源之助は寺子屋の師匠として働き、清吉とお峰も内職や行商に精を出す。

隣の住まいから、源之助が応える声はしなかった。留守なのに違いない。源之助が居
留守を使うようなことはない。

借金取りは、源之助が昼餉のために毎日、帰ってくることを知っているから、この時
間に訪ねて来るのだ。

しばらくすると、清吉たちの住まいの戸が鳴った。

「おい。いるんだろう？」

清吉は怯まず、戸を開ける。

「いますよ」

外にいたのは、おなじみの借金取り、嘉助《かすけ》である。

「牧野さまは？」

「いらっしゃらねぇよ」

「隠しても無駄だぞ」

「本当にいらっしゃらないから」

清吉は体をずらし、嘉助が住まいの中を見られるようにした。

「……いねぇな」

「そう言っただろ」

「……ふん」

嘉助は面白くなさそうに鼻を鳴らした。

「今月の分はまだ残っているのを忘れるなよ。また来るからな」

捨て台詞を残して凄みはしたが、騒がずに帰って行った。

清吉もお峰も、ほっと肩から力を抜く。

「いやな奴だね」

「うん。本当にいやな奴」

「あたしたちがしっかりして、旦那さまをお守りしなくちゃね」

「うん」

清吉は、力強く頷いた。

芽衣を八丁堀まで送り届けた薫は、真っすぐ前を向きながら家路を辿った。

脇目もふらず早足で過ぎてゆく少女を、時折、振り向いて見る者もいる。しかし、薫はそれに気づきもしない。頭の中では、富札を奪い取られたときのことを思い返し、あれこれと考え続けている。

貯めていたお駄賃をつぎ込んで手に入れた富札を盗まれて悔しいのはもちろんだが、それよりも、我が身に事件が降りかかってきたことに胸が躍る。これを解かずにはいられない。

返す返すも、初めて買った富籤が当たる夢をみて浮かれていたあのときの自分が情けない。普段の冷静な薫なら、盗人の様子をもっとしっかりと見ていたに違いないのに。

気づけば森野屋に着いていた。

店先に、手代がいる。柄の悪い、いやな奴。出先から戻ったところのようだ。

札差への借金を返すあてのなくなった武士たちが、それでも更に金を借りようと、やくざ者を雇って脅してくることがある。それに対応するため、札差のほうでも似たような乱暴者を雇い入れ、手代として使う。この男も、そのひとりだ。名は嘉助。

「おや、薫お嬢さん。お戻りですかい」

にやけた顔を向けてきた。

薫は返事をせず、店の奥にある離れに続く路地へと入っていった。

薫の住まいの離れでは、今日も誰も出迎えてはくれないのだが、居間に行けば猫がいる。堂々と真ん中で丸まり、眠っているようだ。帰ってきた薫に気づいて薄目を開けはするものの、また眠ってしまった。

濡れ縁に出て座り、また考え込む。

小さな庭の隅には枝折戸《しおりど》があり、母屋の庭に通じている。

そちらから声が聞こえてきた。

「今夜はお父さまがいらっしゃいますよ。夕餉をご一緒できそうよ」

森野屋のお内儀、美弥《みや》の声である。

豪商らしくいつも遊び歩いている森野屋の主が、今日は家にいるらしい。

「何かおねだりしてしまいましょうかね」

美弥は、すっかり浮かれている。

「お母さま、でもあたし、欲しいものは特に何もありません」

娘の百代《ももよ》が、のんびりと言った。

「おまえは本当に欲のない子ねえ」

美弥の、呆れたような笑い声がし、その後は静かになった。

薫には関係のない話である。

盗まれた富札を捜すため、また考えをめぐらせる。

四

「さ、猫ちゃん、ゆっくりしましょ」

森野屋の、薫の住まい。茶を淹れ、腰を下ろした芽衣の膝に猫がよじのぼり、甘えた鳴き声をあげた。

今日、芽衣は来ないはずだった。屋敷に飾る花をすべて新しくする日で、その手伝いをしなければならないからだ。しかし、昼過ぎ、ふらりとひとりでやって来た。

「ひとりで出歩いてはだめだと、いつも言っているでしょ」

薫が怒っても知らん顔で、持参の大福餅を広げる。

「お花は？」

「あらかた終わりましたから、あとは母上がなんとかなさるでしょう。それより薫さんは、今日はどうしていらしたの？」

のんきに訊ねてくるので、まだ怒りを残しつつも薫は、お説教を終わりにすることにした。

「浅草」

と答えるだけで、浅草へ行っていたのだな、と芽衣は察してくれる。

「でも、もうお戻りだなんて早いですね」

「うん。いろいろと聞き込んでみたんだけど、これという話は聞けなかった」

あの日のことを覚えている者も見つかったのだが、皆、脇目もふらず駆け抜けてゆく少女に驚き、その姿しか目に残らなかったらしい。その前を行く盗人には、気づいてすらいなかった。

これは歩きまわっても無駄だと思い、早々に引き揚げてきた。

「では、あきらめるんですか？」

「まさか」

薫は、きっぱりと首を振る。

「富の日に湯島天神に行けば、盗人も来るに違いない」

確かに、盗人も、盗んだ籤が当たるかどうかを確かめに来るだろうが、

「ものすごい人出になりますよ？」

その中から、どうやって捜し出すというのか。

「当たれば申し出るに違いないから、わかる」

「……当たらないと思いますけど」

「いいえ、当たる」

薫は、自信満々に言い切った。

「あたしの松の一五八九番が、当たる」

「当たらないと思いますよ？」

呆れた芽衣が大福餅を口に運びながらもう一度、言っても、頑固に首を振る。

「当たる」

自信がある、というより、当たると口にすることで願いが現実になると信じているようだ。

「とにかく、富の日には湯島天神へ行くからね」

「はいはい」

「迎えに行くから。朝から支度をしておいてね」

「はい」

芽衣は大福餅を味わい、茶をすする。

富籤が当たるとは思われないし、盗人が見つかるとも思われないが、薫と出かけられるならなんでもいい。楽しみだ。

　富の日、湯島天神で、芽衣は何かおいしいものを食べようと楽しみにしていた。境内にある茶屋で、豆腐の田楽と野菜の煮物、茶飯に味噌汁がひとつの膳になったものが今、話題になっているらしい。味噌汁は、五つある具の中から好きなものを選べるのだ。芽衣は、豆腐と決めていた。豆腐尽くしの膳にする。

　しかし薫の頭には、富籤のことしかないようだ。

　脇目もふらず、歩いてゆく。行く先は、拝殿の前。ここに桟敷が作られて、当たりを決めるための抽籤が行われる。

　穴を開けた木箱の中に番号の書かれた木札が入れられ、穴から錐を突き刺す。錐に突かれた木札に書かれていた番号が当たりとなるわけだ。

　拝殿前は、たくさんの人々で埋め尽くされていた。皆、富札を握りしめて興奮し、大きな声を上げている。

「始まるよ」

　緊張した声で、薫が言った。

　桟敷に、寺社奉行から送られて来た検使や僧たちが出てきた。

富籤の興行は、寺社の修復費用を作り出す目的で、幕府から公認されている。そのため、寺社奉行から立会人がやって来る。

最初に当たったのは、梅の三六五四番。薫の富札とはまるで違う番号だ。

富突きは百回も行われ、それぞれ違った額の褒美金が出る。何か当たるのではないかと薫が期待するのは、わからないでもない。

最後に突かれる番号が、一番富になる。そこへ行き着く前に、

「竹の一五八九」

その番号が読み上げられた。

「ほら！」

珍しく、薫がはしゃいだ大声を上げた。

「あたしの言った通りだったでしょう、当たった！」

「待ってください、薫さんの富札は松でしたよね？」

「うん。松だけど、一五八九で同じ」

「当たったのは竹ですよ」

「印違いにも、いくらかの褒美金が出るんだよ。いくらくれるのか知らないけど」

「まあ、すごい」

芽衣も興奮しかけたのだが、すぐに気づいた。

「でも薫さん、富札はありませんよ」

「わかってる」

薫も冷静に頷いた。

「当たって嬉しいのは、盗人を見つけられるかもしれないから。絶対、ここに来ている。褒美金をもらおうと動くはず」

「それでも、こんな大勢の人ですよ。見つかるかしら」

と、ふたりがいる場所からは少し離れた授与所の辺りで声が上がった。

「おまえ、当たってるじゃねぇか！」

「なんだなんだ？」

「この小僧だよ。当たってやがる」

薫の目が、そちらへ向いた。芽衣も薫の視線を追う。

男たちに囲まれ、困り顔で富札を握りしめた少年がいる。

「当たっていないよ。俺のは竹じゃなくて松だから」

「おまえ知らねぇのか、印違いでも銭がもらえんだよ。いくらだかは知らねぇが、もらえるもんはもらえる」

「……知らなかった」

「松の一五八九。間違いねぇな、当たりだよ。すげぇな」

芽衣が、あっと思う間もなく、薫はそちらへ駆け出した。

そして少年の後ろから近づき、

「見つけた！」

富札を持ったほうの腕を摑んでねじり上げる。

「うわっ」

悲鳴を上げる少年から、薫は富札を奪い取った。

「なんだ、おい」

職人風の若い男が、驚いて後ずさる。この男が少年に、籤が当たっていると教えていたようだ。

「こいつはこの富札を――」

薫は〝盗んだんだ〟と言いかけたのだが、そこへ芽衣が割って入る。

「この子、ひとりで富札を持って出かけてしまったんですよ。一緒に行こうと約束していたのに。――ね？」

芽衣は、やさしく少年を見つめる。

「なんだ？　この子の姉さんか？」

「はい、そうです」

芽衣が答え、

「さ、行きましょうね。捜していたんですよ」

少年の背を押して歩き出す。

「その籤、当たっているからな。忘れずに銭をもらいに行けよ？」

男は、親切に言ってくれた。

「ありがとうございます」

芽衣は振り向き、頭を下げる。薫は、仏頂面でついて来る。

少年は、小さく身を縮めながらも抗わずに歩いていた。


「お名前は？」

芽衣が訊ねると、

「清吉」

素直に答えてくれた。

茶屋の床几《しょうぎ》に三人、並んで腰かけている。

行きたかった店で食べたかったものを食べながらにしようか、と、ちらりと芽衣は考えたのだが、さすがにそれはやめておいた。茶だけが傍らにあるが、誰も手をつけていない。

あんな人ごみの中で盗人だ盗人だと騒いだら、この子が可哀想だと芽衣は思ったのだ。素直で真面目そうな少年だった。今も、申し訳なさそうに身を縮めたままうつむいている。

「あの富札は、本当に薫さんから清吉さんが、そのう……盗ったものなのかしら」

こくり、これも素直に清吉は頷く。

「ごめんなさい」

「なんでそんなことしたんだよ」

薫は憮然としたままだ。芽衣の意図をすぐに読み取り、逆らわずにおとなしくしようと決めたらしい。

「あのとき偶然、あなたたちを見かけて。富札のことを話しているのが聞こえて」

「あたしが富札を、ひらひらさせて無防備に持っていたから、これは盗めると思ったってわけ？」

「そうだよ」

清吉は顔を上げ、真っすぐ薫を見据えた。

「あんただったから、盗った。あんたからでなきゃ、何も盗んだりしない。偶然、あんたを見かけて、あんたが富籤なんて持っていて。盗りやすそうだった。どうせ当たりはしないんだから盗んで嫌がらせをしてやれ、と思ってしまった。それが当たってしまって——驚いた」

「薫さんだったから盗んだ、ということなんですか？」

芽衣が眉をひそめる。

「そうだよ、森野屋の薫さん。森野屋なんて大嫌いだ。森野屋のせいで旦那さまは——

——」

口惜しげにくちびるを噛む。

「話が見えないんだけど」

薫は、ますます不機嫌になっている。

五

「驚きましたね、富札が盗まれたことにあんな理由があったなんて」

芽衣を八丁堀へ送る道すがらである。

茶屋で清吉の話を聞き、すっかり同情した芽衣が、清吉を盗人としてお上に引き渡すのは待ってほしい、と言い出したのだ。

清吉は御家人・牧野家に仕えていた小者の息子で、牧野家は森野屋への借金がかさんで没落、武士の身分を売って返済したものの足りず、今も借金を返す日々——。返しても返してもなくならない借金、しつこくやって来る借金取り。うんざりしているところへ、のんきにはしゃいでいる薫を見かけてしまい苛立ちが募り、つい——というわけだった。

森野屋の薫さん、岡っ引きの薫さん、の噂は聞いており、顔も見知っていたという。

逆恨みでしかないのはわかっている、申し訳なかった、番屋へ連れていかれても仕方がない——けなげに言う清吉に、芽衣は同情した。

「富札は返って来たのですし、ご褒美金は薫さんがいただける。清吉さんがまた悪さをするとは思えませんし」

自分の住まいをきちんと告げ、清吉は、逃げも隠れもしないと言った。念のため住まいまでついて行くと、母親が出てきて、嘘ではないことがわかった。母親には、清吉の盗みのことは告げずにおいた。

「でも、なんだか少し腑に落ちない」

薫は眉をひそめている。

「なんですか、清吉さんは信用ならないと思っていらっしゃるの？」

「そうじゃない。御家人株を売ってまでしてもまだ完済できていないって、一体どれだけの借金をしたんだ、その牧野さまとやらは」

「確かにそうですねえ」

そのあと薫は黙ってしまい、邪魔をしないように芽衣も口を閉ざしていた。

やがて内藤家の門に着く。

「送ってくださってありがとうございました」

「うん」

素っ気なく頷き、背を向けたものの、ほんの三歩ほどで薫は振り返る。

「また明日」

かすかだけれども笑いを顔に浮かべている。素っ気なさすぎたと反省したのだろう。

「はい、また明日」

芽衣は微笑み、手を振った。

薫は満足そうに頷き、帰って行った。

同じころ、浅草花川戸町の裏長屋では、源之助が訪問者を見送っていた。

「では、また参ります」

土間を出て振り向き、妻の美鈴《みすず》が深々と頭を下げる。

美鈴の隣では娘の萩《はぎ》が、今にもあふれて落ちそうな涙を大きな瞳に浮かべていた。

「お父さま、一緒に帰りましょう」

「いやいや、萩、わたしの住まいはここなのだよ」

「いやです。お父さまも一緒に、おじいさまのお屋敷へ帰りましょう」

「わがままを申すものではありませんよ、萩」

美鈴は厳しく言い、けれども萩の頭をやさしく撫でる。

源之助は三十三歳、美鈴も同い年で萩は十一歳。ほんの少し前まで三人は、貧しいながらも幸せな家族だった。

未練がましいとわかってはいるが、すでに離縁した今も、ふたりを妻、娘と思う気持ちは消えない。

牧野家は、譜代《ふだい》の御家人とはいえ無役である。役職がないため、毎日、することが何もない。まだ武士であったころは、屋敷で内職に励んでいた。傘張りをし、金魚も育て、庭では野菜を育てた。

とにかく金がなかった。

生活のための金はもちろんだが、他にも入用がある。無役の御家人は小普請組《こぶしんぐみ》とされており、江戸城内の普請があるとき、金を納めなければならない。内職に励み、節約に励み、なんとか切り抜けようとしたのだが結局、行き詰まってしまった。

御家人株を売り、妻を離縁し実家へ帰らせ、自分はこの裏長屋にやって来た。

「――美鈴」

このまま見送るつもりだったのだが、源之助は、つい妻を呼び止めた。

「はい」

美鈴は笑顔で振り返る。

呼び止めはしたものの、源之助は口ごもる。

「どうなさいました？」

美鈴の笑みに励まされ、源之助は言った。

「再嫁の話が来ていると聞いたが――」

「ああ……」

美鈴は困ったように首を傾ける。

「そのようなお話があるようです」

「……そうか」

源之助は唸った。しかしそれきり黙り込む。

美鈴も黙ったまま、しばらく源之助を見ていた。萩は美鈴にしがみつき、ぐすぐすと泣きつづけている。

「さ、もう帰りましょう」

やがて美鈴が、萩の背を押した。

「また参りますからね」

「うむ」

帰って行く妻と娘を、源之助は見送る。

今はまだふたりは、こうして時折やって来て、掃除をしたり洗濯をしたりと源之助の暮らしを助けてくれている。しかし、美鈴の実家ではそれを良しとしていない。

美鈴の父は、美鈴にも萩にも、源之助とはもう関わるなと厳しく言い渡している。今はまだ見逃してくれているが、美鈴の再嫁先を探すのを急ぎ始めた。

いつか、ふたりは新しい家族を持つことになるのだろう。

いつか——いや、そう遠くない未来に。

八丁堀から戻った薫は、珍しく表から店に入っていった。

帳場にいた番頭が、驚いて顔を上げる。

「どうしました、薫さん」

「うん。訊きたいことがあって」

「まさか——御用の筋とか、おっしゃいませんよね？」

番頭は、びくびくと薫を見た。まさか森野屋が関係する事件があったのでは——と警戒しているのだ。

「御用の筋とも言えるし、言わなくていいような気もするし」

曖昧に唸る薫を見、番頭はますます警戒を強めた。

「いやだな。薫さん、いったい何なのですか」

「うん」

真顔で頷き、薫は話を始める。

「牧野という御家人について訊きたいことがあって」

「牧野……」

番頭は、目を細めて記憶を探っているようだ。

「牧野、牧野――ああ、思い出しましたよ、牧野源之助さま。誠実で、お武家さまらしく潔い、素晴らしい方でしたねえ。――あの牧野さまが、どうかなさったので？」

番頭は、心配そうに眉をひそめた。


番頭から話を聞き、薫は店を出た。

自分の住まいの離れに向かうため、わざわざ路地へまわる。店を抜け、母屋を通っても行けるのだが、なんとなくそういう気になれない。

店もなのだが特に母屋が、自分が足を踏み入れていい場所だと思えないのだ。それに何より、路地へまわるほうが早い。

路地へ入ろうとしたとき、嘉助と行き会ってしまった。

どうにも気に食わない、柄の悪いあの手代である。

「お帰りなさい、薫さん」

嘉助は、にやっと笑った。

薫は、そちらを見もせず返事もせずに、嘉助の横をすり抜けた。

　嘉助は、にやけた顔のまま薫を見送った。

　妾の子のくせにお高くとまりやがって——と苦々しい気持ちはあるが、薫はとにかく美人だ。しかも勝気なのがいい。嘉助の好みなのだ。見ているだけで、目の保養になる。

　店に入っていくと、帳場にいた番頭が顔を上げた。

「嘉助、どこに行っていたんだい」

　厳しく問われ、

「いやちょっと……」

　うつむき、目もそらしながら答えて店の奥へと進む。

　その様子を番頭に、しつこく見られている気がした。

　気色悪いと思いつつも嘉助は、ゆうべ出かけた賭場で負けが込み、すっかり軽くなってしまった懐の心配をしていた。

　牧野の旦那のところへ行くか——。

　というわけで翌日、嘉助は浅草花川戸町へ出かけて行った。

　足取り軽く、源之助の住む裏長屋へ向かう。

　木戸で、顔見知りの女とすれ違い、

「よっ、買い物かい？」

声をかけると、汚物を見るように顔をしかめられ、挙句に目をそらされた。

源之助はこの裏長屋で評判がよく、尊敬されていて、借金取りにやって来る嘉助のことを住人は皆、毛嫌いしている。

しかし、それはどうでもいい。大事なのは、金を確実に取り立てること。

源之助の住まいの腰高障子を叩く。出来るだけ乱暴に叩き、居丈高にふるまい、怖いと思わせなければいけない。

「おーい、旦那。いらっしゃいますかーい？　約束のものを、今日はいただけますかねえ」

すぐに腰高障子が開いた。源之助が顔を出す。

「はい、じゃあよろしく」

嘉助は、にやけながら、ここに金をのせろと手を差しのべた。

ところが源之助は無言のまま、すっと身を引く。

嘉助は、顔をしかめた。

「おい、なんだよ。金は？　ねぇのかよ」

声を凄ませ、土間に踏み込む。すると。

「待っていたよ、嘉助」

思ってもいなかった人物に出迎えられた。

驚いた嘉助は、声もなく飛び上がるという醜態をさらしてしまった。

框に、薫が腰かけていたのだ。

「なんで薫さんがここに……」

「御用の筋です」

薫の隣に立つ芽衣が、澄まし顔で言った。

「おまえこそ、ここに何をしに来たんだ？」

薫の問いに、嘉助は口を閉ざす。

ごまかしが効く相手だろうか。

一応、横目で薫の様子をうかがってみる。薫は、無表情だが強いまなざしでこちらを射るように見ている。

――無理か。

黙り続けていることで、どこまで逃げきれるか。

「おまえ、借金取りに来たのだよね？」

薫は、いきなり真っすぐに突きつけてきた。しかし嘉助は答えない。

「おかしいねえ。番頭の話では、牧野さまの借金は終わっているというのだけど」

薫から目をそらし、嘉助は身を固くする。

「おまえが〝まだ終わっていない〟と言うから返し続けているのだと、牧野さまはおっしゃる。──どういうこと？」

「……どういうことも、くそもねぇだろうが」

嘉助は毒づいた。

「わかっていて来てるんだろ？　何が御用の筋だ。岡っ引きだって？　笑っちまうね、大店のお嬢さんの道楽だろうが。──あ、違うか。妾の子だもんなあ、お嬢さんじゃあねぇよな」

ふん、と馬鹿にしたように鼻を鳴らすが、嘉助は目をそらしたままだ。

「──嘉助さん」

ゆっくりと、芽衣が名前を呼んだ。芽衣に似合わぬ低い声だ。

「なんだよ」

「顔を上げてこちらをご覧になったらいかがですか」

「──ふん」

「卑怯者」

一歩前に出、右手を振り上げようとした芽衣を、薫が制した。

「構うことはない。芽衣の言うとおり、こいつはただの卑怯者でしかないから」

「でも薫さん」

薫はそれ以上言わせずに立ち上がり、嘉助の頭を掴み、無理やり顔を上げさせた。

「とにかく、二度とここへ来るんじゃない。いいね？」

嘉助は答えず、唾を吐きかけようとしたのだが、薫に素早く突き飛ばされて、みじめに土間に転がった。

「――こいつっ」

怒りのまま、薫に飛びかかろうと身を起こす。しかし、源之助の手が伸びて、今度は外へと追い出された。

「――覚えておけよっ」

くだらない捨て台詞しか出てこない。悔しいが、なすすべなく逃げ出すことしか出来なかった。

――覚えておけよ。

胸の中で繰り返し呟きながら、嘉助は周りも見ずに走り続ける。

「――悔しいです」

浅草花川戸町からの帰り道。

芽衣は、涙の滲む目を足元に向けながら歩く。

「もう忘れなよ、気にするだけ馬鹿みたいだよ、あんな屑のことは」

「でも悔しい」

「あたしは気にしていないから、芽衣も気にしなくていい」

森野屋の中にも、外で薫や芽衣が触れ合うことのある者の中にも、薫のことを〝妾の子〟扱いする人はほとんどいない。

薫は、揶揄したり嘲笑したりする者に対して恥じたり怒ったりすることがなく、ただ冷たい目を向けるだけ。そのため、誰かを苛めて楽しみたい者にとって、薫はなんの甲斐もない相手なのだ。自然と、くだらないことを言う者は減っていった。

それでも時折、嘉助のような悪意を向けて来る者はいる。

そのたびに、芽衣が怒る。

「だから、あたしはいいんだ」

薫は珍しく、やわらかな笑みを浮かべた。

「芽衣が怒ってくれるから、あたしは、ちょっと怒りが湧いても収まってしまう。怒るのも面倒だし疲れるし。芽衣のおかげで助かっているよ」

のんきに言うので、芽衣の怒りも解けてしまう。

「わかりました。これからも私が代わりに怒ります」

「うん。よろしく」

「では、それはいいとして。牧野さまの借金、本当のことがわかってよかったですねえ」

「うん」

薫から、嘉助が牧野源之助から借金を取り立て続けていると聞いた番頭は、仰天していた。

すぐに嘉助を問いつめ、牧野源之助に謝罪に向かうと言う番頭を、

『あたしが行くよ。なんだか知らないうちに関わってしまったみたいだから』

と抑えてきた。

源之助も、清吉もその母も、薫と芽衣に何度も何度も頭を下げて感謝の気持ちをくれた。

富札のことは、言っていない。たまたま清吉と知り合い、源之助がいまだに借金を返していると聞いて疑問を持ち、調べてみた——ということになっている。

「嘉助さんは、これからどうなるのかしら」

「店を追い出されるでしょう。まったく、いくらなんでもあんな三下みたいなのを使っていたなんて、森野屋も困ったもんだね。——それはいいけど、おなかがすいたなあ。富札を返してもらったから褒美金ももらえることだし、何か食べに行こうか」

「だから薫さん、いつも言っているでしょう、無駄づかいはいけませんよ」

と言いつつも、芽衣は、この辺りにはあのお蕎麦屋さんが、あのお団子屋さんが——と浮かれ始める。薫は、芽衣の指さす先へついて行く。

六

「お師匠さん、読み終わりました」

舌足らずなその声に、源之助は我に返った。

お夏《なつ》の可愛らしい目が源之助を見上げている。この寺子屋での手習いを始めたばかりの、七つの少女だ。

お夏がお手本を読むのを聞いてやっていたのだった。

「よし。お夏は覚えるのが早いな」

褒められて、お夏は顔を輝かせる。

次は、お豊《とよ》。こちらはもう十一で、実に達者な文字を書く。繰り返し書いて真っ黒になった草紙に、さらに重ねてゆく筆の動きを見てやった。

いつものように子どもたちに読み書きを教えながら、源之助はここのところの平和を嬉しく嚙みしめる。

森野屋への借金がなくなった。

嘉助に騙されていただけとわかり、森野屋からは謝罪があり、さらに、騙し取られた分のすべてとはいかないがそれなりの金が返ってきた。

平和で、のんびりとした日々である。

こうなったきっかけが、清吉が薫の富札を盗んだことだった話は清吉自身が告白してきた。薫には黙っていろと言われたらしいが、忠義者の清吉が黙っていられるわけはなかった。

清吉は、あんなことをしでかしてしまい源之助に申し訳が立たない、どうして詫びたらいいものか、このまま源之助に仕えていていいものか——と、畳に額をこすりつけんばかりに頭を下げ、泣いていた。

しかし、清吉が盗みを働いた原因は源之助への忠誠である。薫も、嘉助の悪さで迷惑をかけてしまった罪のほうが大きい、自分は富札が戻ってくればそれでいい、と言った。薫の中ではもうすでに、富札を盗まれたのなど〝どうでもいいこと〟になっているようだ。実にさっぱりとした、面白い娘だった。

とにかく、平和な日々である。武士であったころよりも、毎日がのどかだ。

そういえば、美鈴と萩に借金がなくなったことを伝えねばならなかったな――源之助は思いついた。

子どもたちが帰ったら、美鈴の実家へ寄ってみることにしよう。

「――まあ！」

事の次第を伝えると、美鈴は喜びの声を上げた。萩も、きらきらと目を輝かせる。

美鈴の実家の屋敷の、裏門を出たところでこっそりと親子三人は会っていた。

こちらも、牧野家と格の変わらぬ家である。譜代の御家人であるものの、無役。

源之助と美鈴は幼なじみで、ずっと想い合い結ばれた夫婦であった。しかし、その結婚が不幸に終わった今、美鈴の父は、次はなんとしてでも格上の相手との良縁をと躍起になっている。

源之助がこうしてふたりに会いに来ていると知れるのは当然、まずい。女中に味方がおり、手引きをしてくれたのだが、なるべく早く帰らなければならない。

「では、また三人で暮らせるようになるのですか？」

萩が、無邪気に言った。

しかし、源之助は首を振る。

「いや、わたしはもう武士ではない。しかし萩は、今も武家の娘。身分の違う者は家族にはなれぬのだよ」

やさしい笑みで、娘を諭す。

萩の目に、大粒の涙が盛り上がった。

「いやです。父上、萩は昔に戻りたい。父上と一緒に暮らしたい」

「わがままを言ってはいけない。時は決して戻らぬものだ。萩にはこれから、わたしよりもっと立派な父上が出来る。その方に可愛がってもらうのだよ」

「いやです。萩の父上はひとりだけ」

源之助は困り、助けを求めようと美鈴に目を合わせた。

美鈴は黙っている。何も言わず、ただ、萩の肩を引き寄せた。

「そろそろ戻りましょう。おじいさまに気づかれてしまいます」

源之助に会釈をし、萩を連れて門の中へ帰ろうとしたのだが、その足を、ぎくりと止めた。

美鈴の母親が、裏門の向こうに広がる畑の隅から、じっとこちらを見つめているのである。

「……おばあさま」

萩が、怯えた声を漏らした。

「さ、行きますよ」

美鈴は足を速める。

美鈴の母は何を言うわけでもなく、じっと源之助を見つめていた。そして娘と孫がそばに来ると、やはり無言のままふたりに寄り添い屋敷の中へと消えてゆく。すぐに去らねばと思いつつ、源之助は長い間、そこに立ちつくしていた。

これが最後かもしれない。

そんな思いが、胸の中で強まった。


薫は、退屈な日々を過ごしていた。

江戸の町はのどかで平和で、町方役人の出番はなく、ということは岡っ引きの出番もない。ついでに言えば、今日は芽衣も家の用事で遊ぶことが出来ないため、薫はまったくもって退屈なのである。

住まいに籠っていても、猫と不機嫌な顔を突き合わせているだけなので、退屈がより増してくる。

猫は座布団の上に丸くなり、薫は長火鉢の横であおむけに寝ころがる。

「つまらないよ、猫」

たまらず、猫に声をかけた。

「なにか面白いことはないかなあ」

猫が起き上がり、珍しく薫のほうへやって来た。相手をしてくれるのか、と驚いていると、なんと猫は、薫の腹によじのぼり、そのまま薫を乗り越えてゆくのだ。さらには三歩、行ってから振り向くと、にゃ、と短く嘲笑めいた声をもらす。

「なんなの、おまえ」

腹を立てる薫を尻目に、猫は濡れ縁へ出て行った。そこでまた昼寝でもするのだろう。

あんな猫を相手にするしかない自分がみじめに思われて来た。

薫は、勢いよく起き上がる。

どこへ何をしに、という目的があるわけではないが、とりあえず出かけてみることにした。

店の前の大通りを、ぶらぶら歩き出す。

代り映えのしないにぎわいの中、明日は芽衣と会えるからあれをしようこれをしようと考えながら何も見ずに進むうち、浅草寺が近づいていた。

さらに行けば、浅草花川戸町。清吉たちはどうしているかな、と思い出す。

すると、それが声になって届いたかのように、

「薫さん」

背後から呼び止められた。

振り向くと、笑顔の清吉が立っている。

商いの途中らしい。竿を掲げ持っているのだが、その先には藁を束ねたものが付いており、そこにたくさんの風車が挿してある。今日の清吉は、風車を売り歩いているのだ。

「驚いた。今ちょうど、あんたたちはどうしているかなと考えていたところだった」

「そうでしたか。薫さん、一心不乱に歩いて行くから声を掛けてはいけないかな、御用の筋でどこかへ向かうところなのかなと思ったんですが」

「ぶらぶらしているだけだよ。で、あんたたちは元気なの？」

「はい。おかげさまで。皆で忙しく働く毎日であるのは変わりないですが、もう借金を返すためではなく自分たちの暮らしのためだけに働いているわけですからね。張り合い

があります」

「そうか。よかった」

「何もかも、薫さんのおかげです」

「そんなことはないけどね」

「今日はおひとりですか？」

「うん」

「それはお寂しいですね」

「うん。少しだけ」

「芽衣さまにも、よろしくお伝えください」

「わかった」

では――と頭を下げて、清吉は離れてゆく。

その姿を、薫はしばらく見ていた。しっかりと声を張って風車を売り歩いているものの、律儀な性格の清吉らしく、目立たない。もっと派手に芸を見せながら歩けばいいのに――そう思いながらも、自分とは関係のないことと、薫は歩き出した。

浅草寺へ行きたいわけではないので、蔵前の住まいに戻ることにする。

すると今度は、牧野源之助を見かけた。

何やら大急ぎで走って行く。清吉が言っていたとおり、こちらもとても元気そうだ。

その夜。

清吉たちの住まいの裏長屋に、源之助がなかなか帰ってこなかった。

いつもなら夕餉を囲んでいる時刻になっても戻らない。

「どうなさったのかしら……」

自分たちも食事はせず、待っていると、町の木戸が閉まるぎりぎりの時間になって、やっと隣の腰高障子が開く音が聞こえた。

清吉もお峰も、飛んで行って外に出る。

「旦那さま、こんな時間までどこにいらしたのですか」

腰高障子を閉めようとしていた源之助は、驚いた顔でふたりを見る。

「まだ起きていたのか」

「当たり前ですよ、心配していたんです」

「それはすまなかった……」

「どこにいらしたのですか」

「うむ。ちと所用があってな」

「まさか、何かまた嘉助が――」

「いや、それは違う」

源之助は笑顔で首を振った。

「すまなかったな、心配はいらない。おまえたちは、もう休みなさい」

「ですが旦那さま、夕餉は」

「ああ、すまない、済ませてきたのだよ。まさかおまえたち、まだなのか？」

「いえ、私たちも済ませましたから」

お峰が嘘をつく。

「そうか、それならばよい」

「では、おやすみなさいませ」

頭を下げ、清吉とお峰は住まいに戻った。

「本当に何も心配はいらないのかねえ」

「嘘をついていらっしゃるような様子ではなかったよ」

框へ上がりながら、ふたりはそんな話をしたが、翌日の源之助には特に変わりがなく、帰りが遅くなるようなこともなかった。

実際、源之助は何事もなくその後の日々を過ごしていた。

その日もいつものように寺子屋で子どもたちに手習いを教え、寄り道することもなく住まいに戻る。

路地木戸をくぐると、何やら長屋が騒がしい。

住人が外に出て集まり、その真ん中には町方の役人がいる。

向かいに住むおかみさんがこちらに気づいて声を上げた。

「あ、戻っていらした！」

「旦那さま！」

清吉の母のお峰が、おかみさんを突き飛ばす勢いで駆けてくる。

「旦那さま、いけません。逃げてください、戻っていらしてはだめ」

「なんだ、どうしたのだ」

呆気にとられながら、源之助は、ぶつかってきたお峰を受け止めた。

役人が、歩み出る。

「牧野源之助——だな？」

「はい」

「ちょいと話を聞きてぇんだ。そこの番屋まで出向いてもらえるかな」

「話――とは……」

「うん。とにかく一緒に来て欲しい」

役人の声に、厳しさが混じった。

戸惑いつつ、集まった人々の顔を見まわす。

その中に、薫と芽衣の姿があった。

七

「わたしは何も知りません」

源之助は、ただそれだけを繰り返す。

この男を連行した番屋で、三四郎は困っていた。

先ほどまでは父の文太郎もいたのだが、奉行所から呼び出しがあり、ここはおまえに任せた、と行ってしまった。それで済むような、簡単に終わらせることのできる件だと思われていたのである。

森野屋の元手代の嘉助が、暴漢に襲われて大怪我をした。

嘉助が言うことに、

『牧野源之助にやられた』

のだそうだ。

『あの旦那、俺に金を騙し取られたことを恨んで文句をつけに来やがって』

言い合いになり、その末に源之助は懐から刃物を取り出し、斬りつけてきたというのである。

『わざわざそんな危ねえもんを持って来たということは、端《はな》から俺を襲う気だったに違ぇねえ』

嘉助は、辛くも逃げ切ったのだが、肩に深い切り傷を負った。命に関わる傷ではなかったが、大量の血が流れ、気力も体力もなくしてしまい、床に臥せたまま起き上がれない状態だ。

しかし、牧野源之助の人となりを周囲の者から聞いてみると、逆恨みでそんな浅はかなことをする男とは思えない。住まいの裏長屋でも、師匠をしている寺子屋でも、誠実で温厚でやさしい人だと、とにかく評判がいい。

一方の嘉助は、そんな源之助を騙し続け、金をむしり取り続けたような悪い男である。結果、そのために森野屋を追い出され、嘉助のほうこそが源之助に対し、逆恨みを抱いていたのに違いない。

おそらく、関わりがあるとは知られたくない奴らとの揉め事の末、怪我を負わされ、源之助に罪をなすりつけようと思いついたのだろう。

とは思われるのだが。

その日、その時間、源之助はどこで誰と何をしていたのかが、はっきりしない。

寺子屋には「急用が出来た」と言って出向いていないというし、その間、源之助の姿を見た者はいない。裏長屋で訊ねると、その日、源之助の帰宅はひどく遅かったという話も出てきた。清吉とお峰は、なんとかして源之助を庇《かば》おうとしたのだが、他の住人がそう言うので庇いようがなく、泣き出しそうになっていた。

さらにいえば薫が、

『そういえばあたしも、なんだか急いでどこかへ走って行くのを見かけた。あれは、その日で間違いない』

などと言い出したのだ。

しかも本人も、とにかく、

「わたしは何も知りません」

と繰り返すだけ。その日、どこで何をしていたのかを、かたくなに語ろうとしない。

源之助は奥の板の間に静かに座している。そこは、罪人が置かれる場所だ。

三四郎は、困りきってしまった。

嘉助が嘘をついていることなど明白なのだが、それを証明する手立てがない。

「どうしましょうかねえ、旦那」

番屋の当番も、困り顔で三四郎に訊ねる。

「とりあえず、今日はここに留め置こう。明日また来る」

「わかりました」

「一晩、詰めてもらうことになるが……」

「牧野さまなら、たとえひとりにしたとしても逃げ出すなんてことはなさらないと思いますけどね」

当番は、にやりと笑う。

「せっかくですから、何かつまみを買ってきて一杯――」

「それは駄目だ」

厳しく言い渡し、三四郎は、薫と芽衣を連れて番屋を出た。

源之助は、微動だにせず美しく座し、無言のまま三人を見送っていた。

「もう少し聞き込みを続けてみる」

　薫は言う。

「そうですね。薫さんが牧野さまを見かけたころ、他にも見た人はいないか。夜中にお住まいに戻るころ、見かけた人はいないか……」

「うん。探ってみよう」

　娘たちが頷き合うのを頼もしく思いながら、三四郎も言った。

「俺は嘉助の身の回りを洗ってみる。おそらく悪い奴らしか出てこないだろうから、おまえたちはこちらには触るなよ？」

「はい」

　おとなしく、ふたりは返事する。

　この辺りについては、薫も芽衣もしっかりとわきまえているのだ。岡っ引きだ下っ引きだと名乗っていても、やはり、大店の娘と武家の娘のふたりでは危険で、踏み込まないほうがいい線が引かれた場所があるのはわかっている。

「では、また明日」

　薫を森野屋に送り届け、芽衣を八丁堀に送り届けたあと、三四郎は奉行所へと戻った。

翌日、薫と芽衣は早速、探索を始めた。

あの日、薫がぶらぶらと歩いた大通りを同じように辿り、道すがらの店の者に源之助らしき男を見かけなかったかと訊いてみる。しかし、武家風の男が駆けてゆく姿など珍しいものではないため、誰ひとり覚えている者はいなかった。

「あの日、あたしが牧野さまを見かけたのは諏訪町《すわちょう》のあたり。浅草寺のほうから走って来たんだ」

「どちらへ行かれたのでしょう」

「わからないけど、大川のほうへ向かって行った」

大川沿いの通りのどこかに用事があったのか。あるいは、その先にある吾妻橋を渡って行ったのか。

「嘉助は、住まいにいたところを襲われたのですよね」

「らしいね」

嘉助の証言によると、住まいまで源之助が押しかけてきて、騙された恨みつらみをぶつけられた。嘉助も負けずに言い返し、やがて互いに手が出た末に源之助が抜刀し――と、いうことらしい。

「逆ならわかりますよねえ、嘉助が牧野さまのところへ押しかけたのなら」

「うん。見え見えの嘘だね」

嘉助も、さすがにその嘘が通るとは思っていなかっただろうが、たまたま源之助がその日、不可解な行動をしていたがため、こういうことになってしまった。

「嘉助の住まいは神田のほうでしたね」

薫が源之助を見かけた辺りからは離れている。もちろん、神田から帰ってきたところとも、その後にそちらへ向かったとも考えられはするのだが。

「嘉助の嘘など簡単に暴けるのに、牧野さまはなぜ、かたくなに口を閉ざすのでしょう」

「なんだろうねえ」

ふたりは、そのまま花川戸町へ向かう。

源之助が深夜、長屋に戻る姿を見た者を捜してみたのだが、やはりいない。木戸番も、何もわからないと言う。源之助が木戸を通って行ったことすら気づかなかったそうだ。

「困ったねえ」

薫は顔をしかめ、黙り込んだ。

結局、なんの収穫もなくその日は暮れてしまった。

芽衣を八丁堀へ送り、薫はひとり、源之助が留め置かれている番屋へ向かう。

「薫さん、こんな時間にどうしました？　もう遅いですぜ、お店の皆さんが心配なさるでしょう」

心配する当番の男に、

「大丈夫、あたしのことは誰も気にしていないから」

素っ気なく答え、薫は源之助に近寄った。

源之助は今日も、静かに板の間に座している。薫を見、微笑した。

「ねえ、どうして何も言わないの？」

源之助は答えない。

「誰かを庇っているとか？」

やはり答えはない。

「あるいは誰か、何かを守るためとか……」

薫は目を伏せ、考え込んだ。

その間も、源之助は口を閉ざしたまま。いつまでもここにいるわけにはいかず、薫は立ち上がった。

「このままだと、あんたはあの男を襲った罪でお仕置きされてしまうよ？　あんなくだらない奴に陥れられて前科者になって——それでもいいの？」

源之助を真っすぐ見下ろす。

源之助の眉間が、揺らぐように動いた気がする。しかし、やはり何も言わない。

薫は、そのまま番屋を出た。

この男が嘉助を襲った罪を被ろうがどうしようが、それはこの男の勝手だ。正直に言ってしまえば、薫にはどうでもいいこと。

しかし、せっかく縁あって借金地獄から助け出したのに、また別の地獄へみずから落ちてゆく姿を見たいとは思わない。忠義者の清吉が気の毒だとも思う。

住まいに戻ると、居間には、母屋から届けられた夕餉の膳が置かれていた。

豆腐の汁は冷め、飯も乾いて強張り始めていたが、薫は気にせず食べ終える。

「どうしたもんかな」

独《ひと》りごちると、部屋の隅で猫が身じろぐ気配がした。

八

番屋に留め置かれて三日目、源之助は今日も黙り込んだままである。

「困ったなあ」

三四郎は、板の間に座して身じろぎしない源之助の前に腰を落とし、嘆いた。

「無実の証になることを何か言ってくれないと……」

「兄上！」

入り口から、元気な芽衣の声が聞こえた。

振り向くと、芽衣。その後ろには、むっつり顔の薫がいる。

芽衣は、愛らしい軽やかな足どりで三四郎のそばにやって来た。

「どうですか、牧野さまは何かお話ししてくださいました？」

「いや——ねえ？」

源之助へ目をやるのだが、相手はこちらを見てくれなかった。

「そちらはどうだ？」

「お手上げですよ」

「そうか。まあ、そう都合よくはいくまいな」

「嘉助のほうの線は？」

「嘉助が出入りしていた賭場に、源五郎がもぐり込んでくれたんだが」

薫の眉が、ぴくりと動く。

源五郎は、三四郎たちの父・文太郎の手先であり、薫はたびたび源五郎に出し抜かれているのだ。名前が出ると、つい反応してしまう薫の様子に、三四郎と芽衣はこっそりと笑みを交わす。

「さりげなく嘉助の名を出しても、いわくありげに、にやにやするだけでそちらもお手上げだったようだ」

「ふうん」

薫が、満足げに唸った。源五郎がお手上げ、ということで気分がいいらしい。

「しかし、間違いなくそちら関係のいざこざだろうと源五郎は言っていたよ」

「実際、やったのが誰なのかはわかりそうなの？」

「もっと踏み込んでみればわかるだろうが、今はまだ止めている。危ないことになってはいかんからな」

「あたしも、そっちに行けたらよかったんだけど」

「許さん」

三四郎は即答した。

「うん。それはしない」

「ならばよい。――ふたりは今日は何をしていた？」

「清吉さんとお峰さん、おふたりのお話をうかがったり、長屋の皆さんのお話をうかがったり」

芽衣が答え、薫が、

「そうしたら、牧野さまの離縁した奥さんと娘さんが訪ねて来たりもするというから、そちらの話を聞きに行った」

と続ける。すると、

「――美鈴たちに会いに行ったのか？」

源之助が目を上げた。

三人は一斉に源之助を見る。

「はい、美鈴さまのお住まいに出向いたのですけれど――」

「門前払いを食った」

牧野源之助、の名を出したら途端に『帰れ』と追い払われてしまったのだ。

「……そうか。わたしが今、こうしていることは存じておるのだろうか。応対したのは誰でしたか」

「誰だか知らないけど、じいさん。ちょうど帰ってきたところだったようだから声をかけたの」

「あんたの名前を出しただけで怖い顔になったから、なんにも言い出せずに終わったよ。このことを知っているから、関わりになりたくなくて怒ったのかな」

「いや、ご存知なくとも同じであっただろう」

「なるほど。あんた、元の舅さんに嫌われているんだってね」

「うむ。蛇蝎《だかつ》のごとく」

源之助は苦笑する。

「まあそうだよね。娘を不幸にしたんだからねえ」

容赦ない薫の言葉に、三四郎も芽衣も苦笑いだ。

「仕方がない。不甲斐ない話だが、わたしが美鈴も萩も幸せにしてやることが出来なかったのは本当のこと。萩が同じめにあわされたら、わたしもおそらく義父上と同じように怒るだろう」

源之助は肩を落とした。そこへ、

「確かに、本当に不甲斐ないお話です」

涼やかな声がした。

「では義父上か」

そちらを、皆が一斉に振り向く。

入り口の式台に、武家の女が立っている。

「——美鈴」

源之助が呟くので、それが源之助の元妻であることが薫たちにもわかった。

美鈴は凜と歩み寄る。なんとなく圧倒され、三人は一斉に身を引いて美鈴が源之助に近寄れるようにした。

美鈴は、源之助の前に座す。元夫婦は、背筋を伸ばして向かい合った。

長いこと、どちらも無言で、まるで我慢試合のような時が過ぎる。薫たちはそれを見守るしか出来ぬまま、ただ息を殺している。

やがて美鈴が口を開いた。

「なぜ、あの日、ご自分がどこで何をしていたのかをおっしゃらないのです？」

源之助は答えなかった。

「おっしゃってください」

「——言わぬ」

「おっしゃらないことで、何を守っているおつもりですか」

再び、源之助は黙り込む。

「まったく不甲斐ない。旦那さまは結局、なんの覚悟もお出来でない」

「──どういう意味だ」

「わたくしと萩を守り抜こうとしてくださるなら、すべてをお話しください。旦那さまが今、なさっていることは間違っている」

「いや、わたしは間違っていない」

元夫婦は、互いを強く見つめ合う。

薫の耳に、芽衣がこそりと囁いた。

「このおふたり、一体なにを話し合っているのでしょう」

「黙っていないであの日どこで何をしていたのかを早く言いなさい、と牧野さまを焚きつけているようだよね」

「牧野どのが折れてくれるといいのだが」

三四郎も言い、三人は引き続き元夫婦の様子を見守った。

「わたしは間違っていないよ、美鈴。わたしが今、真実を語ったら、萩がそなたの父上の怒りを買ってしまう。そなたの縁談の相手にも知れて、破談になってしまうかもしれない」

「それの何がいけないのです？」

「恐ろしいことを言うな。そなたたちの幸せが壊されてしまうではないか」

「わたくしが再嫁することが、萩に新しい父が出来ることが、それがわたくしたちの幸せですか?」

「他にどんな幸せがある?」

「わたくしたちが、また家族に戻ること」

「わたしと、そなたと萩と——わたしたちが?」

「はい」

「わたしはもう武士ではない」

「そうですね」

「そなたと萩は武家の者だ」

「いいえ。旦那さまが町の者になったのなら、わたくしと萩も町の者」

にっこりと、美鈴は笑う。源之助は絶句する。

「まったく、いつになったら折れてわたくしたちを呼び寄せてくださるのかと待っておりましたのに。こんなことになってすら、頓珍漢なことばかりをなさる」

「何を言うか」

「旦那さま。わたくしは、共に借金を返すために働きたかった。お恥ずかしいお話ですが、ずっと旦那さまのそばにいるお峰と清吉を妬ましく思うこともあったほどです」

美鈴は真顔になった。これを言い出すのは、さすがに勇気がいったことだろう。

「なぜ、わたくしたちを手放しておしまいになったのです？」

「それは、おまえたちの幸せを考えてのこと」

「旦那さまと離れては、わたくしも萩も幸せにはなれません」

ぽろり、美鈴の目から涙がこぼれた。

「旦那さまは間違っている。わたくしと萩、そして旦那さまご自身の幸せがどういうものであるのか、間違えてしまっている」

「あたしも、そう思う」

薫が、話に割って入った。正直、そろそろ、こちらを無視した話を続けていられるのが鬱陶《うっとう》しくなってきていた。

「なんだか知らないけど、そろそろ本当のことを話してよ。あの日、牧野さまはどこで何をしていたのか」

九

あの日、源之助は、萩のゆくえがわからなくなったという知らせを受けたのである。美鈴の実家で、源之助たちの味方をしてくれている女中が知らせに来てくれた。萩は『お父さまのところへまいります』という書置きを残していったという。しかし、源之助の住まいに萩は現れていなかった。

長屋を飛び出した源之助は、萩を捜し歩いていたのである。その姿を、薫が見かけたのだった。

結局、ひとりで出歩いたことのなかった萩は迷子になり、浅草寺の近くをうろうろした挙句に別方向へ向かってしまい、元鳥越町《もととりこえちょう》の番屋で保護されていた。森野屋の近くである。

そちらに話を聞きに行くと、源之助がその日、嘉助を襲うことなど出来るわけがないことは、あっさり証明されてしまった。

嘉助が襲われたのは、やはり賭場でのいざこざが原因である。源之助から騙し取る金をあてにして遊んでいたのに、それが手に入らなくなった。だったら遊ばなければいいものを、やめられない。高利貸しに手を出して、賭場に出かけても負けが込み——。

「いかさまに引っかかっていたらしいよ」

浅草花川戸町へ向かい、のんびりと歩きながら薫は言った。

傍らには、もちろん芽衣がいる。

嘉助を襲った真の下手人は無事、捕らえられた。そこには源五郎の活躍があり、薫は少し不機嫌である。

「とにかく、牧野さまがご無事でよかったです」

「まあね、確かにね」

ふたりはこれから、源之助たちのその後の様子を確かめに行くところだ。

裏長屋の木戸をくぐると、ちょうど寺子屋へ出向くところだった源之助と行き会った。

「おや。薫さんに、芽衣さんではありませんか」

「はい。こんにちは」

芽衣が答える。薫は、芽衣にまかせて黙っている。

「どうなさいました？」

「奥さまとお嬢さまが、こちらに落ち着かれたとうかがいましたので」

「ああ、はい、おかげさまで」

源之助は照れた笑みを浮かべる。

「呼んでまいりましょう」

源之助は、妻子と、お峰親子を連れて来た。

美鈴はお峰と共に仕立ての仕事をし、萩は清吉の商いを手伝ったりしているという。

「すべて、おふたりのおかげです」

皆から頭を下げられて、薫はまんざらでもない様子である。が、一応、謙遜をするという体《てい》で、

「あたしというより、清吉が——」

富札を盗んだことから始まり、この幸せに行き着いたのだ——と言ってやろうかと思ったが、清吉が『それは言わないでください』と必死に目で訴えて来るので、黙っていることにした。

美鈴も萩も、新しい生活に馴染んでいるようだ。

「安心しましたね」

帰り道、芽衣は幸せそうに微笑む。

「よかったよかった」

薫は、もうすでにどうでもよくなっているようで適当に頷いてから、芽衣に訊ねる。

「明日は会える?」

「大丈夫ですよ」

「じゃあ、行きたいところがある」

「どこですか？」

芽衣は、期待に目を輝かせた。薫が行きたいところとは、どこだろう。何かおいしいものを食べに行くのか、素敵なものを見に行くのか。

しかし薫は言うのだ。

「富札を買いに行く」

「——え」

「初めての富籤が印違いだったんだよ。ということは、次は当たる」

「当たりませんよ」

「いや、当たる」

「当たりません」

「当たるってば」

「薫さん、いいかげん、無駄遣いという言葉を覚えてください」

くだらない言い合いを続けながら、ふたりはのんびりと江戸の町を行く。

第四話　風待ちの日々

一

薫が芽衣と出会ったのは、偶然だった。

あの日、薫がこの辺りを歩いていなければ、そして芽衣がこの辺りで迷子にならなければ、ふたりが出会うことはなかったのだ。

あの偶然がもう一度、起きないかと期待して、薫は歩く。日本橋から南へ真っすぐ続く大通り。

これは、薫が十二歳だった冬の話だ。

十歳で母を亡くした薫はその後、父親である札差・森野屋の主に引き取られ、ひとり、離れで暮らしていた。

『大丈夫ですよ、薫さん。芽衣がここにいますからね』

そう言っていたくせに、十一歳の薫のそばに、芽衣はいない。

薫の母が亡くなった、あの事件の後、ふたりは一度も会っていない。

「……嘘つき」

いや、芽衣が嘘をついたわけではない。大人たちが、ふたりを会わせないほうがいいと勝手に判断したからだ。

薫の母が惨殺されるという悲惨な現場を目《ま》の当たりにした、薫と芽衣。ふたりが関わり合っていれば、その体験を忘れることが出来ず、いつまでもつらい思いを引きずりつづけるのではないか——誰だか知らないが、そう言い出した者がいて、ふたりは引き裂かれたのだった。

「そんなことない」

薫は、腹を立てている。

芽衣は薫のそばにいると言った。それなら薫は、おっ母ちゃんがいなくなっても大丈夫だろうと思った。

でも、芽衣はいない。

芽衣の住まいは知っている。訪ねて行ってみればいいのかもしれないが、怖くて行けない。追い返されるかもしれない。芽衣も、会いたくないと言うかもしれない。

だから薫は時折、あの偶然が再び起こらないかと期待して、この通りを歩いてみる。

背後から、可愛らしい足音が追いかけて来はしないか——。

何度、行ったり来たりしてみても、芽衣の足音は聞こえない。それでも似た音を聞いた気がして振り向いてしまう。

その日も、気になる足音を聞きつけて芽衣のわけはないと思いつつも薫は振り向いた。

するとそこに、目を大きく見開いて驚く娘がいた。薫と同じ歳か、ひとつふたつ年上だろうか。

薫は立ち止まり、娘も足を止め、ふたりはしばらく見つめ合った。

しかしすぐ、娘がそわそわと落ち着かない様子になる。

「——なんなの、あなた」

「いや別に……」

そのまま去ってしまえばいいのだが、娘の様子が妙なのが気になった。背後をひどく気にしているふうなのに、決してそちらを向こうとはしない。

「だったら急に振り向いたりしないで」

苛立たしげに吐き捨て、娘は走り去ろうとする。

感じの悪い子に関わってしまったな、と嫌な気分になりながら、薫も去ろうとしたのだが、あまり遠くないところに、娘の様子を伺う男たちがいるのに気づいてしまった。太物問屋《ふとものどんや》の暖簾《のれん》に隠れるようにし、店先をのぞいているふりをしながら、こちらを見ている男がふたり。

この子は、あの男たちに追われている――？

そう気づくと、薫も知らん顔で去るふりをしながら娘の耳に囁いた。

「あたしについて来て」

「――え？」

「さりげなく、目立たないように」

「え、何？」

「いいから。あいつらに捕まりたくなかったら、あたしの言うとおりにして」

娘が、そうしないのならそれはそれで構わない――そのつもりで、薫は歩き出した。

「何なの、あなたは誰なの」

娘は、眉をひそめながら訊ねた。

森野屋の、薫の住まいである。

結局、この子は薫に付いて来たのだ。

あの男たちをさりげなく撒こうとしたものの、なかなかうまくいかず、あちこち歩きまわることになってしまった。それでも、どこまでもこの子はついて来た。

「ここは、蔵前片町の札差・森野屋。その離れ。あたしはここに住んでいるの」

なんとか撒いたものの、その先どうしたものやらわからず、とりあえず住まいに戻ったのだった。

「あたしは薫」

名乗ってみたが、娘は黙っている。反応がなければ薫も黙っているしかない。

その間、じっくりと観察してみた。

柿渋の縞の小袖を着ているのだが、袖や裾が擦り切れて、随分とくたびれた古着のようである。そのせいか、この子自身、疲れきった様子に見え、顔色もあまり良くない。

しかし、大きな瞳がぎらぎらと輝いており、実際はとても元気なようだ。

沈黙は、長く続いた。となると次第に面倒くさくなってくる。

「帰る？」

薫は訊ねた。

別に、薫がこの娘を助ける義理はない。ついて来るか来ないかは、娘の気持ちにまかせたのだが、来たことを後悔しているのなら帰ればいい。結果、追手に見つかり捕まったとしても薫には関係のないことだ。

娘は、それにも答えない。帰って行くわけでもない。

ふたりは、居間に立ちつくしたままである。

「どうするの？」

次第に苛立たしくなり、薫はぶっきらぼうに訊ねた。

「他の人は？」

娘は、ようやく口を開いた。

「この家の、他の人はいないの？」

「あたしひとりだよ。母屋には森野屋の人たちがいるけど」

「ふうん」

なぜ、子どもがひとりで離れに暮らしているのか。それを訊ねられるかと思ったが、娘は何も訊かない。

「帰らない」

そう言うと、部屋の隅に腰を下ろした。

「今夜は泊めて」

「いいけど……家に帰らなくていいの？」

娘は答えず、身じろぎもせずに座っている。薫が立ったまま見ているのに気づくと、日を向けて、

「一晩だけだから。明日には出て行くから」

素っ気なく言い、目をそらす。そしてまた黙り込む。まるで、自分の気配を消しているかのようだ。

だったら薫も、この子を気にせずにいればいいのだろうか。

「わかった」

薫は頷き、普段しているように動き始めた。

火鉢に火を熾《おこ》し、部屋を暖め、湯を沸かす。娘のことはいないものとみなし、読みかけの草紙を開いた。大人の読むような、浮世草紙である。今は怪談に凝っていて、あれこれ読み散らしているところだ。

薫は怪談を怖がらない性質《たち》だが、芽衣に聞かせてやったらどうだろう、などと考えてみる。

おそらく、怖くない怖くないと強がりながらも、びくびくしていることだろう。そして、怖いなら読むのをやめようかと言えば、

『いいえ、最後まで聞きたいです』

と言うに違いない。結末は気になって仕方ないのだ。

そんな想像をしていると楽しくなってくる。でも芽衣はここにいない。――寂しくなる。

薫は、草紙を閉じた。

娘の様子をうかがうと、やはり、身じろぎもせず部屋の隅に座っている。

「ねえ、あんたもこれ読む？」

訊ねてみた。

「何？」

「怪談だけど」

「怖い話は嫌いだから」

娘は、迷惑そうに眉をひそめた。あとは、また身を固くしてだんまり。

なんだか面倒な子だ。こんな子に関わったのは、やはり失敗だった。

あの辺りで出会ったのが、いけなかった。芽衣との出会いを思い出し、つい気に掛けてしまった。

明日、出て行くと言ったのだから、あとは放っておくことにしよう。

翌朝、薫が起きると娘はいなくなっていた。

薫は寝間の寝床で眠り、娘は居間で座ったまま寝てしまったのだが、どこにも姿がない。黙って出て行ったのだろう。

よかった、清々した。

というわけで薫は、いつものように一日を始めた。運ばれて来た朝餉を食べ、草紙の続きを読み、疲れたら昼寝をする。だらしなく過ごしていても誰にも怒られたりしない、自由な毎日。しかし、誰と話すこともない空虚な毎日。

昨日は久しぶりに、他人とたくさん話をしたのだ。

あの子は何だったのだろう。ここを出て、どこへ行ったのだろう。なぜ、あんな男たちに追われていたのだろう。

草紙から目を上げ、つい考えてしまった。

ごろりと仰向けに転がる。しばらくそうしていた後、そわそわと起き上がる。そのまま出かけようとした自分に、薫は驚いた。

どこへ行こうというのだ？

家の中を暖め過ぎて、頭がぼうっとしているのかもしれない。

障子を開け、濡れ縁に出て、頭を冷やす。しかし、それをすぐに後悔した。

濡れ縁は小さな庭に面しているのだが、枝折戸で母屋の庭とつながっている。その庭に、百代がいる。

百代は森野屋の娘である。つまり、薫の異母姉妹。同い年だが、生まれたのは百代のほうが早いので、あちらが姉になる。

鞠《まり》をついて遊んでいた百代は、すぐに薫に気がついた。そして、にこっと微笑んでくる。こちらが応えたら駆けて来てしまいそうな、のんきで親しげな様子である。

薫は無視した。

「百代、百代、どこにいるの」

百代の母である美弥の声がどこかから聞こえてくる。

「ここよ、お母さま」

「ここってどこなの」

「お庭ですよ」

「あら、こんなところにいたの」

美弥は、薫には気づかない。

「お父さまがお呼びですよ。百代にお土産があるのですって」

「はーい」

鞠を抱え、百代は縁に上がっていった。

薫は、しばらく母屋の庭を見ていた。

やがて、くちびるをきゅっと結び、居間に戻る。

やはり、今日も出かけようと決めた。

あの子を捜しに行くのではない。歌川角斎のところに、何か面白い草紙はないかと訊ねに行くのだ。あの親父は今、薫が関わりを持っている唯一の人間だ。

しかし薫は、角斎の住む新右衛門町の裏長屋に着く前に、またあの娘を見つけてしまった。

昨日、出会ったのと同じ辺り。大通り沿いにある薬種《やくしゅ》問屋・葵屋をのぞき込んでいる。

どんな病にもまたたく間に効くと評判の、萬満丸《よろずまんがん》という薬で人気の店だ。

本人は隠れているつもりのようだが、隣の店の屋根看板の細い柱にしがみついているだけなので、見るからに怪しい。

もう関わる気はなかった。見なかったことにして通り過ぎようとしたのだ。それなのに気づくと薫は、娘の背後にそっと忍び寄っていた。

「ねえ」

声をかけると、娘は肩をびくっと震わせた。

「あたしだよ、森野屋の薫」

そろそろと振り向こうとするのを、

「だめ」

と止めた。

「あんた、また見張られているよ」

看板を見上げるふりをしながら、薫は囁く。

「――え」

「気づいてなかったの？」

三つ離れた店の暖簾の陰に、昨日と同じ男たちがいる。伏せた目の下から、こちらをじっと見つめている。

「昨日みたいに、あたしについておいで」

「でも」

「無理にとは言わない。好きにすればいい」

薫は、さっさと歩き出す。

しばらく歩いたあと、そっと後ろをうかがうと、娘の姿はあった。

二

内藤三四郎は、おとなしく座って朝餉を食べている妹の芽衣を、じっと見つめた。きれいに背筋を伸ばし、器用に箸を使い、芽衣は黙々と食事をしている。

三四郎の視線に気づき、目を上げた。

「兄上、何かご用ですか」

「いや、なんでもない」

三四郎は、やさしく答えた。

一昨年の夏、芽衣はとても恐ろしい事件に巻き込まれた。

たまたま知り合った町の娘と、その母親と共に監禁され、挙句に母親は殺された。

たったの十歳でそんな体験をし、この子の心はその衝撃を受け止められるのだろうかと心配したのだが、今のところ何ごともなく元気にしている。

しかし、父の文太郎は念のためにと、あの町娘、薫とは二度と会ってはならないと芽衣に言い渡し、三四郎と母にも、この話は二度と口にするなと命じた。

あのとき芽衣はくちびるをきつく引き結び、父の話を聞いていた。反抗はしなかった。

「芽衣は、今日は何をして過ごすのだ？」

「お裁縫を習いに参ります」

芽衣は、裁縫を習い始めたばかりだ。

「そうか」

「お雑巾を刺すの。針がまだ少し怖いけれど、やさしいお姉さまたちがいらっしゃるから、お会いするのが楽しみです」

「そうか、それはよかったな」

内藤家、家族四人の朝餉は静かに終わり、三四郎は父と共に屋敷を出る。

三四郎は十七。北町奉行所定廻り同心である父に付いて、見習いとして出仕している。

小者を供に門を出ると、同い年で幼なじみの久世伊織が、ふらふら歩いて来るのに出くわした。

「朝帰りだな、あれは」

文太郎が、呆れ顔で呟く。

久世家には跡継ぎの長男がおり、伊織は冷や飯食いの次男坊である。毎日することもなく暇なのをいいことに、飲み歩き遊び歩き、家の者から叱られてばかりいる。

「よう、三四郎。今からお勤めかい？」

「おまえは今、お帰りなのか？」

「うん」

子どものように頷きながら、あくびをする。

「吉原か？」

文太郎が、うらやましげに訊ねた。

「いや、違いますよ」

伊織は、にやりと笑う。

「どこへ行っていたのかは知らぬが、そんなに遊び歩いてばかりではお袋さまが悲しむ。いいかげんにしろよ」

三四郎が真顔で諫《いさ》めても、伊織はのらくらと答えるだけで反省している様子はない。

「おまえのほうこそ少しは遊べ。つまらん男には、つまらん嫁しか来ねぇぞ」

笑ってそう言い、行ってしまった。

「──まったく」

苦々しく呟く三四郎を、文太郎が面白そうに見ている。

「俺は嫌いじゃねぇけどな、あの男」

「わたしは苦手です」

「向こうはおまえを好いているようだがなあ」

「迷惑なんですよ」

そんなやりとりをしながら奉行所へ向かう。

と、ふいに一行の前に人が現れた。驚いて立ち止まる。娘である。

見覚えのある子だった。一昨年の夏よりも背が伸びている。母親に似た美人になりそうな様子も見え始めている。

「――薫さん」

三四郎が呟き、文太郎も頷いた。

「ああそうだ、薫さんだ」

こくりと頷いたあと、薫は言った。

「助けてほしい」

文太郎はそのまま奉行所へ向かい、三四郎だけが薫と共に行くことになった。薫はそれが不満のようだが、文句を口にするわけではなかった。

薫は、三四郎がびっくりするほどの早足で三四郎の前を行く。しかも黙々と歩くので、

よほど急いでいるのかと思い、そう訊ねてみたのだが、立ち止まり振り向いた薫は、

「――は？」

眉根を寄せて首をかしげるだけだ。

「いや、急ぎでないのなら良いのだが」

「急いでいないとは言っていない」

面倒くさそうに呟くと、また歩き出す。三四郎は、あわてて薫を追いかける。

薫が三四郎を連れて行ったのは、蔵前片町の森野屋である。

薫が森野屋に引き取られたことは、三四郎も聞き知っていた。

薫は、店の脇にある路地へ入ってゆく。その先には、離れがあった。

「ここ」

三四郎を振り向き、招き入れる。

導かれていった居間に、娘がいた。隅に、ひっそりと座っている。

「よかった、ちゃんと待ってた」

薫は、その子がいたことに安堵したようである。

「八丁堀を連れて来た」

「……本当に？」

娘は、用心深げに三四郎を見上げる。一見、不躾《ぶしつけ》にも思えるのだが、三四郎は、その目の中に怯えがあるのを見て取った。

これは少々、厄介な話なのかもしれない。

「わたしは内藤三四郎。私の父は北町奉行所定廻り同心、内藤文太郎だ」

なるべくやさしく、と心がけつつ言った。

「この人は見習い同心らしいよ」

薫が説明を添えてくれた。

娘は用心を解かないものの、

「あたしは加奈《かな》」

と名乗った。

「お加奈ちゃんか」

「はい」

「へえ、あんた、お加奈っていうんだ」

薫も頷いている。

「なんだ、薫さんの仲よしの子ではないのか？」

「昨日、拾ったばかりの子。仲よしではない」

「助けてほしい、というのは、この子を助けてくれということか?」

「そう」

三四郎はお加奈を見た。膝に乗せた手を握りしめ、こちらを見上げている。

「あたしを助けてくれるの?」

静かに、ひたむきに訊ねてくる。

「まずは、どういうことなのか聞かせてほしい」

三四郎は、お加奈から少し離れたところに腰を下ろした。

「あたし、追われているんです」

「誰に」

「葵屋の奴ら」

「葵屋――薬種問屋の」

「あたし、そこに奉公していました。逃げ出してきたけれど、まだここを離れるわけにはいかない。兄さんがまだあの店にいて、もしかしたらあたしの代わりに酷い目にあっているかもしれなくて――」

お加奈は、気持ちの堰が切れたかのように饒舌になった。感情のまま、とりとめなく話が続きそうになり、

「待て待て」

三四郎は一旦、お加奈を止めた。

「おまえには兄がいるのだな」

「はい」

「兄妹で葵屋に奉公していた。が、逃げ出さねばならなかった──それは、なぜなのだ？」

「あたしたち、悪い奴らに売られて葵屋に奉公することになったんです」

「売られた？」

三四郎は眉をひそめた。

「はい。あたしは駿府の酒屋の娘でした。昨年の秋、商いの用で江戸に出向いたお父っつぁんがいつまで待っても戻らず、行方知れずになってしまったのです。店の者を差し向けても埒が明かず、思い余っておっ母さんと兄さんとあたし、三人で江戸までお父っつぁんを捜しに出てきました。でも、悪い奴らに騙されてお金を取られて──」

お加奈は涙で声を詰まらせ、

「おっ母さんと兄妹、別々に売り飛ばされたんだってさ」

薫が続けた。

「なんということだ……。しかし、売られた先が葵屋で良かったのではないか？　葵屋ならば良い話しか聞かぬが」

「確かに葵屋さんは、奉公人にとって居心地の良いお店です。初めはあたしも、悪い奴らに捕まって売られたのになんて素晴らしいところへ来られたのでしょう、と感激していました。でも……」

お加奈は、くちびるを強く噛んだ。


奉公を続けるうち、お加奈はやがて、どこか違和感を覚えるようになったのだ。

どうも、居心地が良すぎる。

皆、やさしい。お加奈が大きな失敗をしても咎められることはない。女中同士、ちょっとしたことでいざこざが起きるようなこともない。

あまりにも平和であり過ぎる。

悪人に売られた娘を奉公人として買うような店なのに、なぜ……。

そしてある夜、厠《かわや》へ行きたくて目覚めたお加奈は、共に寝入っているはずの女たちの数が足りないことに気がついた。

半分ほどの寝床が空いている。

おかしいなと思いつつも、寝ぼけていたのもあり、あまり気にせず厠へ行った。

その帰り。さすがに目も覚め、夜中は冷えるなとふるえながら歩いていると、どこかから話し声が聞こえる。

いなくなっていた女中たちだろうか。

ついつい気になり、声のするほうへ行ってみた。

奥にある一室に、人が集まっているようだ。ひそひそとした男の声がしている。時折、女の声も混じる。何を言っているのかは、わからなかった。

ふいに、落ちつかない気持ちになった。

これはおそらく、聞いてはいけない、見てはいけない何かだ。ここへ来てはいけなかった。

そっと戻ろうとしたのだ。しかし気持ちが乱れていたせいだろうか、足もとで廊下がぎしりと鳴る。

閉じた障子の向こうで、大勢が同時に息を呑む気配がした。逃げる間もなく障子が開かれる。

出てきたのは、手代だった。

『何をしている？』

『あの、厠へ……』

『厠は向こうだろう』

『戻ろうとしたら声が聞こえたので……』

『番頭さんと俺たちが、商いの話をしているだけだ。早く戻れ』

『はい』

おとなしく頷き寝間に戻ったのだが、眠れない。

翌日、あくびをこらえながら井戸で水を汲んでいると、急に誰かが後ろから羽交い絞めにして来た。振り向くことが出来ず、相手は男だということしかわからなかった。悲鳴を上げる間もなく口をふさがれ、ずるずると引きずられていく。

連れて行かれた先は蔵だ。閉じ込めようというのだろう。

昨夜のあれはやはり、聞いてはいけない、見てはいけない何かだったのだ。

このまま閉じ込められたら、どうなるのか。もしかしたら命が危ないかもしれない。

そう思うと、馬鹿力が出た。蔵の扉を開けることに気を取られて男の手が緩んだ隙に、思いきり撥ねのけて逃げ出す。

あとは後ろを振り向かずに走り、葵屋から飛び出した。

そのまま故郷へ帰りたいところだったが、奴らに見つかる危険を冒してでもまだ近くをうろうろしているのは兄のためだ。

「兄さんは、まだ葵屋にいます」

兄は今、どうしているのか。

お加奈が逃げ出したことで、代わりにお仕置きをされているのではないか。

心配で、どこへも行けない。

「だったら、あたしが葵屋に入り込んで兄さんの様子を見て来ようか」

薫が言った。

「毎日、することもなくて暇だし」

「何を言い出すんだ、薫さん」

三四郎は仰天したが、薫はのんきなものである。

「大丈夫だよ。ちょっと入り込んで、兄さんの様子を探ったら何か問題でも起こして辞めさせられてくるから」

「だめだ。そんな危ないことは、させられない」

三四郎は、断固として首を振った。

「葵屋のことは、わたしのほうで調べてみる。このままにはしないから安心しなさい」

お加奈に言い聞かせ、

「勝手なことはするんじゃないぞ」

薫にも言い聞かせ、三四郎は立ち上がった。

三

数日ののち。

薫は、薬種問屋・葵屋にいた。

「薫ちゃん、水汲みは終わったの？」

手ぶらで台所に入っていくと、お福《ふく》が声をかけてきた。頷いてみせると、

「じゃあ、こっちを手伝ってね。包丁は使える？」

「使ったことはない」

「そうか。じゃあ菜っ葉を洗ってもらおうかな」

また頷き、薫は流しへ向かった。青菜を手渡され、甕《かめ》から汲んだ水で洗い始める。

薫は、口入屋《くちいれや》を介してここに奉公に来た。

三四郎は『だめだ』と言ったが、いうことをきくつもりはまったくなかった。

初めは主夫婦の子の子守として雇われた。その子はまだ赤ん坊。薫の身近に赤ん坊がいたことはなく、どうしたらいいのかわからない。抱っこの仕方は教えてもらい、なんとかなったものの、抱き上げるたびに泣かれる。

これはやめさせられるかと冷や汗をかいていたのだが、葵屋のお内儀はやさしく、『それならお端《はした》の手伝いをしてもらおうかね』

と、水回りの仕事へまわしてくれたのだった。

今のところ、快適に奉公人としての毎日を送っている。

台所仕事も、役に立てることはあまりないのだが、母とふたりで暮らしていたころに手伝いくらいはしたことがある。

ばしゃばしゃと水を飛ばしながら不器用に青菜を洗う薫を、他の女中たちが微笑んで見ている。ここでは誰もがやさしい。子どもの、しかも女中仕事にはまったく向いていない薫にも寛容だ。

お加奈の言っていたとおり、あまりにも快適すぎて、逆に居心地が悪かった。

住み込みの奉公である。

夜は、広々とした部屋で他の女中たちと共に寝る。誰かの鼾《いびき》がうるさいということもない。皆、行儀よく眠る。寝間もやはり、居心地がいい。

皆が寝入った深夜、薫は、お加奈はどうしているだろうかとあの娘を思い浮かべた。

お加奈は森野屋の離れに潜み、薫の不在が誰にも知られぬよう取り繕ってくれている。

日ごろ、放っておいてもらえているのが役に立った。

誰かが離れにやって来るのは、朝昼晩の膳が運ばれてくるときと片づけられていくときだけだ。そのときは寝間に籠って姿を見せず、膳のものはすべて平らげてしまえば、誰も薫がいないとは思うまい。

あの日、

『勝手なことはするんじゃないぞ』

そう言い置いて立ち上がる三四郎を、薫は外まで見送った。

帰りがけ、三四郎は薫に訊ねた。

『薫さん、なぜわたしたちのところへ来たんだ？』

『八丁堀の知り合いなんて他にいないから』

『しかし……』

『あんたと父親に会ってはいけないとは言われていない』

会うな、と禁止令が出ているのは芽衣だけだ。

『まあ、確かにそうだな』

三四郎は苦笑し、重ねてまた、

『いいな、勝手なことは絶対にするな』

言っているのを無視して中に戻る。

お加奈が、ひっそりと泣いていた。

『兄さん……』

その背を見ていると、去年の自分を思い出す。母が連れ去られたあの日。ひとりぼっちだったあの夜……。

薫はお加奈に近づき、そっと肩に手を触れた。

『大丈夫』

振り向いたお加奈の涙を拭ってやる。

『あたしにまかせて。大丈夫だから』

『でも』

『ちょっと出かけてくる。待ってて』

真っすぐ、お加奈に目を合わせた。

『どこへも行くんじゃないよ？』

お加奈は、薫の目に吸い込まれてゆくかのように頷く。

薫が出かけた先は、口入屋だ。

母ひとり子ひとりで暮らしていたが母親が亡くなり、他に身寄りがなく、奉公のあてもなく困っている——と、嘘と本当を混ぜた身の上話をした。

葵屋が今、新たな奉公人を求めているとは限らない。そのときは三四郎を言いくるめて、どうにかする。

しかし葵屋では、いなくなったお加奈の代わりを探しているのではないだろうか。お加奈は子守として雇われていた。子守が急にいなくなったのでは、かなり困っているのに違いない。

それが見事に大当たり。薫は無事、葵屋に潜り込むことが出来たのだった。

四

朝、起きるとまず井戸で水汲みをし、台所の甕を満たす。そのあとは店の者たちの朝餉作りの手伝い。

「薫ちゃん、そろそろ包丁を使ってみようか」

へっついの前に立って味噌汁を見ていた女中に呼ばれたが、どうやら豆腐を切らされそうだと見て取り、すぐに大きく首を振った。てのひらにのせた豆腐を包丁で切るなど、そんな高度な技が自分に出来るとは思えない。

半分、冗談だったらしく、

「薫ちゃん、振りすぎだよ、首」

皆が大笑いをしている。

やがて、男の奉公人たちが朝餉を食べにやって来た。朝昼晩、台所で食事をとるのだ。

その中に、お加奈の兄もいた。

兄の名は正吾《しょうご》。お加奈とは年子の十三歳。小僧として、雑用に走り回る毎日のようだ。

まだ声をかけたりはせず、様子見をしている。

正吾は、とてもおとなしい男の子だった。

背が高くて痩せっぽち。やさしげな顔をしているのに愛想がない。

滅多に顔を上げることもなく、黙々と箸を動かしている。食事を終えると洗いものを

流しへ持って行き、自分で洗ってしまう。膳を片づけ、

「ごちそうさまでした」

と呟き、台所を出て行く。

微笑むことはなく、不快そうにしていることもなく、とにかくいつも無表情。何を思っているのか、まったくわからない。

今朝も正吾は、ひっそりと食事を終えて去った。

その背を見ながら、薫は、どうしたものかなと思案する。

まずは、葵屋で何が起きているのかを少しだけでも調べておいたほうがよいのではないか、というのが薫の見立てである。

むやみに正吾を連れ出したのでは、後々、困ったことが起こりやすい。

とはいえ深入りも禁物である。我が身が危険にさらされるようなことになるのはごめんだ。

そこで薫は、お加奈がここを逃げ出すきっかけになった夜の状況を再現することにした。

厠へ行く途中に偶然、皆が集っている部屋の前を通りがかってしまう――という状況

だ。

　それを不審に思われぬよう、夜中に起き出し、寝ぼけながら厠へ向かうふりを繰り返している。何度かは、気づいた女中がついて来てくれたりもした。

　あとは毎夜、誰かが女中たちの寝間を深夜にこっそり抜け出してゆくのを待つ。

　なかなか機会は訪れず、じりじりし始めたころになり、ようやくそのときがやって来た。皆が寝静まった後、三人の女中が起き出し、そっと出てゆく。

　薫は、ゆったりと呼吸しながら寝たふりを続けた。充分に待ってから、うっすらまぶたを開き、他の女中たちの気配を確かめる。他に起きている者はいないようだ。

　起き上がり、薫も寝間を出る。

　足音をたてぬよう、廊下を歩いた。夜中に店の者たちが集っていた部屋がどのあたりにあるのかは、お加奈から聞いて来ている。

　昼間、掃除をしながら、おそらくここだろうと目を付けていた部屋へ、足音をひそめつつ向かった。

　その部屋には案の定、あかりが灯っている。障子越しに大勢の人の気配、ひそひそ声で何か話している気配が伝わってくる。

　耳を澄ませてみたが、何を話しているのかはまったく聞き取れなかった。

このまま寝間に戻るのでは、なんの収穫も得られない。

薫は歩き出しながら、わざと足音を立ててみた。

中の者たちが一斉に息を呑んだのがわかる。間を空けず、障子が少しだけ開かれて手代が出てきた。

「誰だ」

薫は、ぼうっとした顔を上げる。

「……厠」

「厠？」

こくん、と頷いてみせ、ふらふらと手代の前を通り過ぎる。

「薫ちゃんじゃないの」

障子がさらに開かれ、女中のひとりも出てきた。

のぞき見できるようになった中の様子に、薫は目を伏せたまま素早く視線を走らせる。

番頭がいる。お内儀もいる。女中が三人。手代がふたり。主人はいない。そして、正吾がいる。

正吾は、ここでもやはり俯いていた。どんな表情をしているのかは、わからなかった。

「どうしたの、薫ちゃん。また厠？」

手代と女中の前を、薫は通り過ぎる。

「ああ、寝ぼけてる。危ないなあ、待ちなさい薫ちゃん、あたしがついて行ってあげるから」

「おい待て、本当に厠か？　あの娘も厠だと言っていた」

「本当に厠。この子、いつもこうなのよ。――あ、薫ちゃん、待ちなさいってば。――とにかくあたし、一緒に行ってきますよ」

「お加奈ちゃんも、本当に厠に行こうとしていただけなのかも」

別の女中が、呟くように言った。

「ここは厠への通り道だもの。あの子を捕まえようなんてことをしたから色々とややこしくなって――」

「黙れ」

重い一言が、その話をさえぎる。番頭の声である。

「行け」

番頭にうながされ、廊下にいた女中は薫を追いかけてきた。

「薫ちゃん、そっちじゃないよ、こっちこっち」

薫は、ふらふらと女中に従った。

翌朝、昨夜の女中が明るく声をかけてきた。

「薫ちゃん、ゆうべ厠へ行ったのは覚えてる？」

「厠……」

目を細め、考えているふりをしたあと、こっくりと頷く。

「行った」

「あたしが一緒だったのは？」

「一緒だった——かもしれない」

「困ったねえ、この子は」

台所に集った皆が、楽しげに笑った。

今朝もまた、

「包丁を使ってみる？」

からかわれたが、かたくなに首を振り、洗いものだけをしながら、薫は昨夜のことを思い返した。

正吾は、葵屋で起きている〝何か〟に引き込まれてしまっているようだ。

良からぬことに決まっている〝何か〟——。

三四郎に黙って来たのは失敗だったかもしれない。

五

三四郎は、書見台に向かう父の背を、襖の陰に隠れてのぞいた。

八丁堀、内藤家の屋敷である。

父の文太郎は書見台の前に胡坐《あぐら》をかき、何か書物を一心に見つめている。かと思うと、

「何か用か？」

のんびり、こちらを振り向いた。

声をかける決心がまだついていなかった三四郎は狼狽し、

「いえあの……」

無意識に腰を引いてしまった。

「入ってこい。話があるんだろう？」

「お邪魔ではありませんか？」

「暇だから何か面白い読み物でもねぇかなと、適当に見ていただけだ」

今日は、ふたり共に非番である。

「これは芽衣が貸してくれた怪談だ。嘘くせぇけど、まあまあ読める」

「怪談ですか。あいつ、怖がりのくせにそんなものも読むんだな」

笑いながら、三四郎は文太郎のそばに腰を下ろした。

「で、なんの話だ？」

「はい……」

「薫さんか？」

「はい」

「襖を閉めろ。芽衣に話が聞こえてはいけねぇ」

あの日の森野屋の離れでの話は、すべて文太郎に伝えてある。

約束通り、葵屋について調べてみたのだが、悪い話はひとつも出てこなかった。お加奈が監禁されそうになったというのだから、何もないはずはないのに、どんなに探っても、真面目に商いをする薬種問屋でしかないのである。

「お加奈という娘の狂言か」

「そうは見えませんでした」

「うーん」

「もっと深く踏み込むことも出来ないわけではないですが、もしも葵屋に本当に何か問題があった場合、警戒されたら元も子もなくなりますし」

「そうだな」

「この辺りで一度、薫さんに報告しに行こうかと思っています」

「うん。いいんじゃねぇか」

「ですが……」

「何かいけねぇことでもあるのか？」

「薫さん、まさか葵屋に潜り込んだりしていないだろうかと心配で」

「まさか、そんなわけねぇだろう」

文太郎は笑う。

「芽衣と同い年だよな？　十二の娘がまさか、そんなことはしねぇだろ」

「いや父上、薫さんならするかもしれない」

一昨年の事件で、薫と芽衣が薫の母と共に悪い奴らに捕まるようなことになったのは、薫がみずから母を捜そうと動いたためだ。

十歳の薫は、すでにそういう娘だったのである。

「うーん……」

文太郎も心配になったようで、唸ったきり黙り込む。

「今から、森野屋へ行ってまいります」

「俺も行くか？」

「いえ、わたしひとりで大丈夫です。薫さんが無茶をしていないのを確かめて、葵屋についても何もわからないことを知らせに行くだけですから」

「そうか」

「では、すぐに出かけます」

三四郎は立ち上がり、襖を開ける。

すると、廊下に芽衣が立っていた。

「あら驚いた」

芽衣は笑っている。

「父上にお茶をお持ちしたところです。兄上もいらっしゃったのですね。では戻ってお湯呑みをもうひとつ――」

「いや、わたしはもう出かけるからいらないよ」

挙動不審にならぬよう、落ちつけ落ちつけと自分に言い聞かせながら三四郎は言った。

今から薫のところへ出かけるなどと、芽衣に知られてはいけない。

「そうなんですか」

「うん。そうなんだ」

そそくさと歩き出す。

が、すぐに立ち止まり、芽衣を振り向いた。

「おまえ、今、来たばかりだよな？」

「はい？」

芽衣は無邪気に首をかしげる。

「いや、うん、なんだな……」

「あ、何か大事なお話をなさっていたのですか？　ご安心ください、私も八丁堀の娘ですよ。盗み聞きなどというはしたないことは決していたしません」

「そうか、そうだよな」

「はい」

真剣な顔で、芽衣は頷く。

「では、出かけて来る」

「行ってらっしゃいませ」

会釈をし、芽衣は部屋の中の文太郎に声をかけた。

「父上、お茶ですよ。私のおすすめの怪談、いかがでしたか」

まずは表に顔を出して店の者に断りを入れ、三四郎は森野屋の離れに向かった。

入り口の障子の前で声をかける。

「薫さん、いるかい？」

返事はない。

「俺だよ、内藤三四郎だ」

しん、としている。

「約束どおり、葵屋について調べてみたんだが……。留守かな」

表で訊いたところ、薫はこのところどこにも出かけていない、という話だったのに。

それでも、もう一度、呼びかけてみた。

「薫さーん？」

すると中に、人の動く気配があった。

待っていると、障子が少しだけ開かれる。のぞいたのは、お加奈の顔だ。

「やあ。薫さんはいるかな」

「はい、あの……とにかくお入りください」

お加奈は周囲を気にしながら言った。

お加奈がここにいることは森野屋の人々には内緒なのだろうと察し、三四郎は素早く中に入った。

導かれるまま居間に行ってみたのだが、そこに薫はいない。

「薫さんは……」

「いらっしゃいません」

お加奈は、気まずそうに言った。

「まさか、葵屋に？」

「はい。あたしの代わりの子守として雇われて」

その経緯を聞き、三四郎は絶句した。まさか、口入屋を介して真正面から乗り込んでいったとは。

「心配して来てみたのだが、遅かったか」

「薫さんには、内藤さまがいらしても決して顔を見せるなと言われていたのですけれど」

お加奈は、ひたと三四郎を見た。

「葵屋について調べてくださったのですよね？」

「うむ。だが――」

「兄は、あたしの兄はどうしているのかわかりましたか？」

　そのことならば確かめてきた。

「何事もなく過ごしているようだったよ。わたしが葵屋へ出向いたときは、店先の掃除をしていた」

「そうですか……」

　お加奈の顔が、安堵で緩む。しかし、すぐにそれを引き締めた。

「でも、それはおそらく表向きのこと。裏で何かが起きていて、兄はそれに引き込まれているかもしれない。あたしが逃げたから、兄が身代わりにおしおきされているかもしれない」

「そのことは、わたしも考えている。しかし、葵屋で何が起きているのか、それがはっきりせぬとなあ。真夜中に店の者たちが集っていたのも、実はたいしたことではないのかもしれないし」

「でも、あたしは監禁されそうになったんです」

　三四郎は唸る。

「とにかく、薫さんとつなぎをつけてみる。お加奈さんは、これまで通りここに潜んでいなさい。わたし以外、誰が来ても応えてはいけないよ」

「はい」

お加奈は、真剣な顔で頷いた。

「――と、いうことになっておりました」

屋敷に戻った三四郎から報告を受け、文太郎も絶句した。

「本当に葵屋へ乗り込んでいたのか」

「はい」

「なんていう娘だ、まったく」

「本当に……」

三四郎はため息をつくのだが、文太郎はなぜか笑っている。

「思っていたよりずっと面白れぇ娘のようだな、薫さんは」

「父上、面白がるような話ではありませんよ」

「いやいや面白れぇだろうが」

「面白いのではなく、無謀で困った娘です。早く薫さんとつなぎをつけて、奉公などやめさせなければ。何が起きているのかわからないところへひとりで飛び込んでゆくなど、危険すぎる」

「それは確かにそうだな」

文太郎は真顔で頷く。

「どうするかな。源五郎を使うか？　俺たちが顔を出すわけにはいかねぇしな」

源五郎は、文太郎の使う岡っ引きである。

しかし、葵屋で本当に何か悪いことが行われているのなら、岡っ引きがやって来れば警戒するだろう。他の誰かを差し向けたとしても、源五郎とのつながりを探り出されるかもしれない。薫に危険が迫る可能性は、徹底的に取り除いておかねばならない。

「どうしたもんかな」

ふたりで考えても、なかなか良い考えは浮かばない。

芽衣に話が聞こえぬよう、襖はまた閉ざしてある。

その襖が、ふいに大きく開かれた。

「父上、兄上がお戻りとうかがいましたが——あら兄上、ここにいらっしゃいましたか」

芽衣である。

あまりの不意打ちに、三四郎も文太郎も狼狽した姿を見せてしまった。

「どうなさいました？　もしや、私が聞いてはいけないお話をなさっておられましたか？」

　芽衣は眉をひそめている。

「いやいや、それは――」

　何か言ってごまかさねばと思うのだが、しどろもどろになるだけで、三四郎の言葉は続かない。

「葵屋さんがどうのというのは聞こえてしまいましたけれど――葵屋さんは薬種問屋さんですよね。お薬のお話ですか？　それとも、お役目の何かでしょうか」

「いや、薬の話だよ」

　文太郎はすでに立ち直っており、落ち着いて答えた。

「源五郎がな、葵屋へ薬を買いに行かなくちゃなんねぇというんだ。風邪をこじらせちまってな。ところが、女房も下っ引きもその風邪をもらっちまったらしくて、みんなで寝込んでいる」

「お薬を買いに行く人が誰もいなくて困っているというわけですか」

「その通り。俺たちも忙しくて行けねぇ。そういう話をしていたんだよ」

　文太郎は、それで話を終わらせようとしたのだ。

　しかし芽衣は、のんきにこう言い出した。

「では、私がおつかいにまいりましょう」

六

葵屋の台所では、今朝も、表の奉公人たちが朝餉を食べている。わいわいと騒がしい中、正吾ひとりだけがうつむき、黙々と箸を動かしているのもいつもの通りだ。

薫は正吾の背後に近づき、

「おかわり」

と、声をかけた。

驚いた正吾がさすがに顔を上げ、振り向く。

「おかわり、要る？」

他の男たちは、何杯も飯のおかわりをする。

正吾は、また目を伏せて首を振った。

「ふーん」

薫は唸り、去るふりをしながら呟いた。

「お加奈はあたしの家にいる」

「――え」

正吾の箸が止まった。

薫は気にせず、そばを離れる。

正吾も、すぐに箸を動かし何もないふりをした。しかしその手が少しだけふるえているのが、薫にはわかった。

薫がなんのためにここに来たのか、おそらく伝わったはずだ。

とはいえ、この先どうしたものか、考えがまとまっているわけではない。

出来たら三四郎とつなぎをつけたいが、勝手に外へは出られない。

廊下に雑巾をかけながら、あれこれ思いをめぐらせる。

「薫ちゃん、それが終わったら少し休んでもいいよ」

そう言われたので、せめて店先に出てみようと思いついた。

だからといって偶然に今、三四郎が葵屋の前を通りがかるわけがないのはわかっているのだが、外の人通りを見て気分を変えれば何かいい考えが浮かぶかもしれない。

隣の店との間の路地をぶらぶらと行き、通りへ出ようとする。

と、聞き覚えのある涼しげな声が聞え、薫は足を止めた。

「こんにちは。私、源五郎さんのお使いで来たのですけれど」

薫は路地を出ず、息をひそめた。

「そう、岡っ引きの源五郎さんです。お風邪をひいてしまったのですって。しかも、奥さまや下っ引きの人や、みんながうつってしまったの。大変なことになっているのよ。だから私がおつかいでまいりました」

「お嬢さんは源五郎親分の娘さん——ではございませんよねえ」

可愛らしい笑い声がし、

「私は内藤芽衣。源五郎さんは、私の父の使う岡っ引きなんです」

芽衣だ。

もう二年以上、会っていない。それなのに声だけで芽衣だとわかる。

「では、八丁堀のお嬢さまですか」

「はい」

「おひとりでいらっしゃったので……？」

「はい。私、おつかいくらいひとりで出来ますから」

自慢げに言っている。

相変わらず、ひとりで出歩いたりしているらしい。困ったものだ。

「はあ、そうですか……」

応対している番頭の治兵衛《じへえ》も戸惑っているようだが、すぐに愛想よく訊ねた。

「ご入用なのは風邪薬ですかね」

「すぐに効くお薬はありますか？　お風邪にも萬満丸とやらが効くのかしら」

「もちろんですよ。萬満丸は万病に効く薬ですからね」

「では、それをお願いします」

「はいはい。お待ちくださいね」

薫は、少しでも店先の様子が見えないかと路地から首を伸ばしてみた。

番頭、手伝いをしている正吾、そして芽衣。

芽衣は店先の縁台に腰を下ろしている。薬研に興味津々のようで、身を乗り出して指をさし、

「それはなんですの？」

と訊ねている。

「生薬をすりつぶす道具ですよ」

「面白そう。私もやってみたいわ」

「なかなか力がいりますよ。お嬢さまの可愛らしい手には余りましょう」

「私、意外に力持ちなのよ」

拳を握ってみせている。

芽衣は本当に力持ちだっただろうか。薫には、よくわからない。

一緒にいたのは、十歳の夏、ほんのしばらくだけだった。

あれは芽衣だ。それはわかる。でも二年分、成長している。薫だって同じだろう。

『芽衣がいますよ。芽衣がここにいます』

おっ母ちゃんが殺されたとき、芽衣はそう言ってくれた。芽衣がいたから、支えてくれたから、ひとりぼっちになっても大丈夫だと思えた。

けれども薫は今、ひとりだ。

芽衣はそこにいるけれど、薫のそばにはいない。

会うなと言われたから、会わずにいる。薫がいたら、芽衣はあの夏のことを忘れられずにつらい思いをすると言われたから。芽衣にそんな思いをさせたくはない。

だから、こうして身を隠している。

それでも、少しでも芽衣を見たいと願う思いが止まらず、薫は店先の様子をうかがい続けた。

と、ふいに男がひとり店に入って来て、芽衣の姿が見えなくなった。

邪魔だな、どいてくれないかなと苛立ちながらその男の顔を見ると、三四郎なのである。

「あら兄上、どうなさいましたの」

「おまえがひとりで出かけたと聞いて、追いかけてきたんだよ」

「私、おつかいくらいひとりで出来ますよ」

「ひとりで出来ても、ひとりでは出歩くな。いつも言っているだろう」

たしなめられても、芽衣は知らん顔だ。

そこへ、萬満丸が用意できたと差し出された。それを受け取り、芽衣は訊ねる。

「おいくらですか？」

「二十文になります」

「はい、では二十文――」

芽衣は薬代を出そうとしたようなのだが、三四郎が「あっ」と声を上げる。

「そうか、二十文だったか。十五文かと思い違いをしていた」

「でも兄上――」

「芽衣、おまえに預けたのは十五文なのだよ。五文足りん。悪いな、番頭。まずは十五文を預けておく。すぐに五文を持ってくる」

「では、とりあえずお薬を——」

「そのようなわけにはいかん。薬も預けておくよ。すぐに持ってくるからな」

芽衣の手から薬の袋を取り上げ、十五文と共に番頭に押しつけて、三四郎は芽衣を急き立て店の外に出た。

芽衣は、三四郎をちらりと見上げる。

「兄上、私は三十文、預かってきました」

「うん、そうだな」

「払えましたよ、二十文」

「いや、払わなくていいんだ」

「——そうですか。わかりました」

頷くだけで何も問わず、芽衣は先に立って歩き出す。

三四郎は、すぐには追わず、薫のいる路地へと目をくれた。

芽衣はこちらを見ていない。だから薫は安心して顔を出し、頷いてみせた。三四郎もそれに応えてから、芽衣を追っていく。

後でまた来るから待っていろ、ということなのだろう。

三四郎は薫が葵屋にいることを知り、芽衣をおつかいに来させたのに違いない。どうやってつなぎを付けようとしていたのかはわからないが、たまたま薫が路地にいたため、小芝居を打ったのだ。

「あら、猫ちゃん」

芽衣は、蕎麦屋の箱看板の下に猫がいるのに目を留めた。

八丁堀の屋敷まで送ると兄は言ったが、それでは足りないお金を葵屋に届けるのに時間がかかり過ぎてしまうからひとりで帰る、と追い返した。

「日向ぼっこですか？」

猫に近寄る。

しかし、猫にはくつろいだ様子がない。隙なく辺りをうかがう目をして座り、凜と背を伸ばしている。猫は芽衣に気づくと一瞬、びくりと身をふるわせる。しかし、すぐに知らん顔になり遠くを見据えた。

「猫ちゃん、おまえ、なんだか……」

この猫によく似た人の面影を、芽衣は心に浮かべた。

ふ、と笑みが浮かぶのだが、同時に涙もこみ上げそうになり、芽衣はくちびるを引き結ぶ。

「またね、猫ちゃん」

呟き、芽衣は歩き出す。

七

——八丁堀だ。

番頭について、客に渡す萬満丸の用意をしていた正吾の胸が躍った。

客は武家の娘。八丁堀の娘だと言い、そこへ娘の兄もやって来た。

八丁堀だ。

薬の袋を、思わず握りしめる。

今、ここで助けを求めたらどうなるだろう。

いや待て、軽率に動いたら、お加奈の身を危険にさらすことになるかもしれない。

奴らは、お加奈の居所を知ってはいるが手を出さずにいるという。正吾が一味に加われればお加奈は見逃す、という約束を守ってくれているのだ。

今までは、居所を知っているというのは、はったりである可能性もあると疑っていた。しかし、あの薫という女中が、お加奈は自分のところにいると言った。つまり、薫も葵屋の一味で、逃げ出したはずのお加奈を捕まえ監禁しているということか――？

正吾は、薫の囁きの意味をそのように解釈した。そのため、奴らの言いなりになっているしかないと悲愴な決意をしている。

「おい正吾、袋がくしゃくしゃになる」

番頭の治兵衛に叱責され、手の力を緩めた。

「はいっ、申し訳ありません」

「寄越しなさい」

治兵衛に薬の袋を渡す。

結局、何も出来ないまま、八丁堀の兄妹は去って行った。代金が足りないからまた来ると言っているが、その場に居合わせたとしても、声をかけられる自信はない。

どうしたらここから、葵屋から、この地獄から、逃れられるのだろう。

逃れるすべが見つかるとは、どうしても思えない。

「おい正吾、何をぼんやりしているんだ」

「あ――、はいっ」

正吾は、慌てて土間に飛び降りた。逃げるように店先に出るものの、何をしたらいいのかわからない。

昼間の葵屋は、どこから見ても疑いようなく、普通の薬種問屋だ。あの治兵衛も、切れ者の商人でしかない。

それが、正吾にはふるえるほどに恐ろしい。

それでも勇気を出してみようか。

あの八丁堀が、代金を持ってまた来たら――。

店に戻ろうと振り向いたとき、路地の入り口に薫が立っているのが見えた。

あんなところで何をしているのだろう。気になったのだが、

「正吾！　どこへ行ったんだ」

治兵衛の呼ぶ声が聞こえた。

治兵衛は、常に正吾をかたわらに置き、しっかりと商いを仕込んでくれている――かのように見える。しかし実際は、正吾を自分の監視の下に置いているだけだ。

「正吾、お客さまがお待ちだぞ！」

「はいっ、ただいま」

正吾は、店の中に飛び込んだ。おとなしく従っておかなければ、どんなめに遭わされ

るかわからない。

　ほどなくして、三四郎が戻ってきた。

　奥へ戻ると抜けられなくなると思い、薫はずっと路地の入り口で待っていた。

　三四郎は店に駆け込み、大袈裟なほど謝りながら代金の残りを渡して薬を受け取った。

　路地を振り向きもせず、通りに出て行く。

　薫は、適当な間を置き、店の者が誰もこちらを見ていないのを確認してから同じように通りに出た。

　ぶらぶら歩くふりをしながら、三四郎との距離を縮める。

　薫が三四郎の背後に立ち、小声でならば周りに気取られずに会話が出来るようにした。

「驚いたよ、薫さん。まさか本当に葵屋に潜り込んでいるとは」

「お加奈から聞いたの？」

「そう。葵屋を調べると言っただろう？　その報告をしに森野屋へ行ったんだよ」

「へえ。本当に調べてくれたんだ」

「当たり前だ」

「でも何も出てこなかった？」

「そうなんだ」

「で、あたしが葵屋にいると知って来たのはあたしを連れ戻すため？」

「当然だ」

「たまたま、あたしが外に出ていたからよかったけど、どうやってあたしに会おうとしていたの？」

「腹痛が起きた、厠を借してくれと言って奥へ潜り込むつもりだったんだよ」

薫は、その計画を鼻で笑い飛ばす。

「――悪かったな、つまらんことしか思いつけなくて」

「さっき店に来たときにいた小僧が、お加奈の兄さんの正吾だよ」

「あの子か。今はいなかったな。もっとよく見ておけばよかった」

「あたし、真夜中、寝ぼけて厠へ行くふりをしてみたの。そうしたら、お加奈が見たのと同じように、店の者たちが奥の部屋に集まっていた」

その話に、三四郎は狼狽し、あやうく薫を振り向きそうになった。しかし、なんとか押しとどまり、小声で毒づく。

「なぜそんな危ないことをするんだ」

「そういうことをするために潜り込んだんだよ」

「下手をしたらお加奈のように捕まるところだったんだぞ」

「あたしはそんなへま、しない」

「その自信はどこから来るんだ」

「奴らが何をしていたのか、知りたくないの？」

「それは——やはり、うん、知りたいのだが……」

「残念ながら、わからなかったよ。何か話しているようだったけど、ひそひそ話だったから聞こえなかった」

「そうか……」

「その中に、正吾もいた」

「本当か？　お加奈が、それを心配していたんだ。葵屋で行われている悪いことに、やはり引き込まれていたか」

「妹の無事と引き換えにってとこかな」

「だろうな……」

三四郎は黙り込み、しばらく何か考え込んでいたあと、訊ねた。

「薫さん、奴らが夜中に集まっていたのはいつのことだ？」

「三日前」

「三日前、な。うん、よし、わかった」

「それで、あたし、まだ葵屋にいていい？」

「いや、よくはないんだよ」

「あたしがいなくなったら、葵屋の内情を探れなくなってしまうよ」

「それはそうなんだが、しかし――」

「じゃ、あたし戻るね」

薫は、くるりと踵を返した。

「いや待て。葵屋には、いていいから」

それを聞き、薫の足はぴたりと止まる。まるで、何かを思い出して振り返っただけ、といった様子で自然に、また三四郎の背後につく。

「で？」

「明日から毎日、決まった時刻にうちの小者に、葵屋の前を通らせる。もしも何かあったら、その者に伝えなさい。何もなくても、無事だと知らせるために毎日、顔を見せなさい」

「わかった」

頷くと、薫は一旦、三四郎の前に出た。すぐそこにあった瀬戸物屋をのぞくふりをしてから、のんびりと葵屋のほうへ戻っていく。

あからさまに見送るわけにはいかず、三四郎もさりげなく立ち止まって振り向き、目の端に薫を映す。

人混みに紛れていく後ろ姿を見届けてから、自分も歩き出した。

しかし本当に、葵屋へ帰してしまって良かったのか。

薫は、十二歳という年齢を忘れてしまうほどしっかりしていて、聡明だ。

三四郎が代金が足りなかったふりをして葵屋へ戻ったのは薫と話をするためだと察していた。そして、当たり前の顔で三四郎について来た。しかも、傍目《はため》には話をしていると気取られないよう巧みな距離を保ちながら歩いていた。

薫は、強引に踏み込んで連れ出さない限り、葵屋の奉公を辞めないだろう。お加奈のためだろうか。よほどあの娘に同情しているのか……。

だから逆に、薫の思うようにさせようと思ったのだが。

本当にそれで良かったのかは、わからない。

とにかく、一刻も早く薫を危険から遠ざけるためにも、葵屋の探索を進めなければ。

三四郎は、足を速めた。

そして、ふと思う。

薫は芽衣の姿を見ているはずなのに、芽衣については何も訊ねてこなかった——。

八

やはり、あの八丁堀に助けを求めよう。

そう決意した正吾は、言いつけられた仕事を急いで片づけ、店先に戻った。しかしそのときには、八丁堀は戻って残りの代金を支払ったあとで、すでに帰ってしまっていた。

立ち尽くし、正吾は呆然と通りに目を放つ。

葵屋の外へとつながる道は、ここにある。飛び出してしまえばいい。逃げてしまえば。

しかし、出来ない。

正吾が逃げたら、お加奈はどうなる……。

店の前の通りは今日も平和で、にぎやかだ。

ここに立っている正吾が、実は葵屋の囚われ人だなどと見抜く人はひとりもいないだろう。皆、他人も自分と同じく平和な日々を送っているのに違いないと信じて疑いもしない。

行き過ぎる人々がまぶしくて、正吾はうつむく。自分はもう二度と、あのまぶしさの中には戻れないのだと絶望していた。

店に戻ろうと振り向くと、路地から薫が出てくるのが見えた。

薫を信用していない正吾は、つい身構えた。薫は時折、正吾と話したそうな様子を見せることがあるのだが、気づかぬふりで逃げるようにしている。

薫は、店先をふらふらと歩いていた。しばらくそうしていたかと思うと、ふいに路地へ戻っていく。

そのときは、奇妙なことをしているな、と思っただけだった。不愛想で変わった娘であるのはわかっているため、さして気に留まらず、すぐに忘れてしまった。

ところが、翌日も薫が同じころ、ふらふらと店先に出てくるのを見かけた。おそらく、ひと休みする時間なのだろう。

それは毎日、続いた。息抜きのために出てきているのは明らかで、他の者は誰も気にしていなかった。

しかし正吾は、同じ時間、薫が現れるのに合わせたかのように通り掛かるある人物がいるのに気づいてしまった。

武家の小者ふうの男だ。

薫とその男が言葉を交わすことはない。目を見交わすことすらない。それでも、薫が店先に出て来ているときに必ずその男が通り掛かる。

あの男は、薫の知り合いなのだろうか。それは何を意味するのか……。

ぼんやりと立ち尽くしていたところ、

「正吾、どこに行ったんだ」

店から厳しい声が飛んできた。慌てて返事をしながら中へ戻ると、治兵衛だけがいた。生薬を収めた百目箪笥の前に座り、開けた抽斗の中を見ているようだ。手伝おうと近づくと、ふいに治兵衛は低い声で言った。

「今夜――」

それだけだ。しかし、正吾にはその意味がしっかりと伝わった。

背筋が、ぞわっと凍りついた。

薫は、昼間はあまり役に立たない奉公人として過ごし、夜中には数日おきに寝ぼけて厠へ立つふりを続けている。

根気強く待っても、奴らはなかなか真夜中の集会を開いてくれない。

役立たずな上に不愛想な娘なのに、薫のことを女中たちは可愛がってくれ、相変わらず居心地のいい店ではある。

しかし、毎日の奉公はさすがに疲れてきた。夜中、女中たちの様子を気にしつつ起きているので寝不足でもある。

することがなく話す相手もいない森野屋の離れでの日々とどちらがいいか、と言えば微妙なところではあるのだが。

じりじりと待ちに待ったある夜、やっとそのときがやって来た。

例の三人の女中が、そっと寝床を出て行く。

薫は息を殺し、頃合いを待ち、起き上がる。寝ぼけ顔で歩き出す。

いつも彼らが集っている部屋へ向かったのだが、歩きながら、どこか妙だなと感じていた。

あの部屋のあるのとは違うほうに大勢の人の気配がある。

厠はまったくの別方向だ。いつもの薫の行動からしたら、そちらへ向かうのは不自然なことになる。

しかし、行かなければ今までしてきたことがすべて無駄になってしまう。

薫は、寝ぼけた足どりのままそちらへ進んだ。

店の裏手である。どうやら大勢の人が、台所から外に出て、裏庭を抜け、表通りへ出ようとしているようだ。

ここまで来たら、寝ぼけたふりをしていても意味はないと思い、薫は慎重に足音を消しながら歩いた。

月のない夜だった。ぴりりと冷えた空気の中、すべては闇に沈んでいる。

外に出た薫の前に、黒装束に身を包んだ人々が黙々と進んでゆく光景が現れた。彼らも巧みに、真夜中の闇に溶け込んでいる。

盗人集団だったか——。

もう少し、それらしい予兆があってから事態は動くだろうと思っていた。しかし、奴らの真夜中の集会を伺うことしか出来ず、何を話しているのかも聞き取ることが出来ておらず、急にこの場面を迎えてしまった。

薫は、落ちついて奴らについて行きつつも焦っていた。

三四郎に何も伝えられていない。盗みが行われてから報告をしても、意味がない。

どうしよう——。

焦る間にも、奴らは粛々と進んでゆく。木戸をどうやって通るのかと思っていたが、木戸番も仲間のようである。開かれたままになっている木戸を、足音もなく抜けてゆく。

おかげで薫も、追いかけ続けることが出来た。

日本橋へと向かってゆく。しかし橋を渡るのではなく、呉服町方面へ逸れた。

やがて、とある店の前で彼らは、ぴたりと止まる。

看板には、仲屋とあった。唐物屋である。


一番後ろを走る正吾は、薫がついて来るのに気づいていた。

来るのではないか、と思っていたからだ。

薫が何者なのかはわからない。しかし、こいつらの一味ではないように思われてきていた。

あの日、現れた八丁堀。そののち、通り掛かるようになった小者ふうの男。そのとき、薫も店先にいる。

薫は盗人たちの一味ではなく、八丁堀と通じている者なのではないか。こんな幼い娘が岡っ引きなどということはないだろうが、盗人たちを油断させるため、送りこまれて来たのかもしれない。

だとしたら、薫から今夜のことが八丁堀に伝わっており、与力や同心たちが捕り物の準備を整え、どこかに潜み、この盗みを見ているのではないか。

これは賭けだ。

負けたら、待つものは死かもしれない。それでも賭けてみるしかない。

一味のひとりが、仲屋の雨戸を、とん、と叩いた。

中には仲間がいる。そいつが引き入れてくれる算段がついている。

心張り棒が外される音がする。雨戸が、そっと開かれる。ひとりずつ、一味の者たちが店の中へ忍び込んでゆく。

自分以外の皆が入ったのを見届けてから、正吾はありったけの大声を上げた。

それは言葉になってはいなかった。ただ吠えた。両の拳を握りしめ、月のない漆黒の空に向かって吠え続けた。

薫が八丁堀と通じているなどというのは幻想かもしれない。薫もやはり一味の者で、役人などどこにもおらず、この声を聞いて戻ってきた盗人たちに殴り殺されて終わるのが現実なのかもしれない。

それでも吠えずにいられない。

盗人などに成り下がるのは嫌だ。葵屋に囚われているのは、もう嫌だ。嫌だ、嫌だ、嫌なのだ。

こうして大声を上げれば、少なくとも仲屋は盗人被害にあわずに済む。

吠え続ける。声を限りに。

喉が痛い。声がかすれる。これが限界――。

土に膝をつき、頽《くずお》れた。


誰かが、正吾を背中から抱きしめた。

やはり、このまま殺されて終わるのか？

嫌だ、嫌だと抵抗する。

しかし、その手は正吾をなだめるようにやさしく背を撫で始めた。

「大丈夫だ。わたしたちは、おまえを助けに来たんだよ」

何度か、その言葉が繰り返された。

ようやく気持ちが落ち着き、正吾は顔を上げる。

正吾をなだめていたのは、あの八丁堀だった。周囲では、盗人と役人が入り乱れての大捕物が繰り広げられている。

「俺は……」

「大丈夫だ、おまえはもう助かったんだ」

そう言われても実感がわかず、正吾は呆然と、見知った者たちが捕らわれてゆくのを見ていた。

「驚いたなあ。まさか急におまえが叫び出すとは思わず、どうしたものかと皆、ためらってしまったよ」

八丁堀は、のんきに笑っている。

その顔を見ていたら、少しずつ気持ちが落ち着いてきた。

捕物騒ぎも治まってきたようだ。遠くに、手持ち無沙汰の顔で立っている薫が見えた。

あの娘はやはり盗人の一味ではなかったのだな、と思うとなぜか、ほっとした。

九

葵屋は、盗人宿だったのである。

盗賊団の頭は、番頭の治兵衛。主の宗右衛門《そうえもん》は一味の者ではないが、店を盗賊たちの隠れ蓑として貸すことで利を得てきた。お内儀として振る舞っていた女も、実は主の妻ではなく治兵衛の女。

奉公人は、一味の者とそうでない者とが混じっていた。何も知らなかった者たちは、翌朝、真実を知り、呆然としていたという。

薫は、葵屋にはもう戻らず、捕物の現場からそのまま森野屋へ帰った。

三四郎に送られながら、あの場に彼らがいたのはなぜなのかを聞いた。

「日に一度、葵屋へ小者を向かわせるだけで済ませていたわけがないだろう？」

三四郎たちは、葵屋について調べ直していたのだ。

薫とつなぎを取るのとは別に、岡っ引きのひとりに葵屋を監視させてもいた。

治兵衛は、数年前に相模国で大がかりな盗みを何度も繰り返していた大悪党だった。蜘蛛の巣のように仲間のつながりを張り巡らせ、それを巧みに使って身を守り、決して捕らわれることなく逃げのびてきた。

しかしあるとき、ふと姿を消した。そのまま長い間、消息が知れなかったのだ。いつの間にか江戸にやって来て、葵屋に潜り込み、堅気の顔をして過ごしていた。江戸では一度も盗みを働いていなかった。

「じゃあ、なぜ今夜、仲屋に盗みに入ったの？」

「それなんだがな」

仲屋の主と治兵衛とは、なにやら因縁があったらしい。

「盗人同士で競い合っていたとか、抜け駆けされて恨んでいたとか？」

「いや、親絡みの恨みだ。治兵衛の父親が、やはり盗人だったんだが、仲屋の主の密告で捕らわれて打ち首になった。今夜の押し込みは、盗みよりも仲屋の主の殺害が目的であったようだな」

「そうか……」

薫は呟いたあと黙り込み、くちびるを尖らせた。

「薫さん、どうした？」

「そういうことがわかったと、どうしてあたしに教えてくれなかったの？」

「教えたりしたら、薫さん、店の中でもっといろいろ探ろうとして危ないことをしそうだったからだよ。そんなことは、させられない」

「教えて欲しかった」

森野屋に帰り着くまで、薫のくちびるはずっと尖ったままだった。

正吾は一旦、事情を訊かれるために番屋へ連れて行かれたが、翌朝には解き放たれ、三四郎に連れられて森野屋の離れへとやって来た。

待ちきれずにいたお加奈が上がり口の土間に飛び降り、兄にしがみついた。兄妹は、そのまま声もなく抱きしめ合った。

「よかった、よかった」

見守る三四郎は、声を詰まらせ、涙をこらえてもいるようだ。

このふたりが囚われの身となった経緯も、三四郎たちは探り出していた。

まず、兄妹の父親が江戸で行方不明になったのは、同行していた手代の仕業だった。江戸に来てから、ちょっとした気晴らしのつもりで入り込んだ賭場で借金を作り、ほんの少しのつもりで路銀に手をつけようとしたのを見つかった。主である兄妹の父親に激怒され、つい手に掛けたのだ。

そのまま、手代は何食わぬ顔で駿府へ帰った。そして、主が行方知れずになった──と嘘をついたのだった。

その後、何を訊かれてものらりくらりと言い抜けて、真相が知れぬようにしていたのだが、お加奈たちが江戸へ向かうと言い出したため、慌てた。

伝手を使って母子を襲わせ、売り飛ばした──ということだった。

母親のゆくえも、三四郎たちは探り出していた。母親は、飯盛女として売られていた。救い出してはやったものの、子どもたちに合わせる顔がないというのを、なんとか説得中である。

まずは、子どもたちだけが駿府へ帰ることになっている。

「寂しくなるな、薫さん」

土間で抱き合う兄妹をやさしく見つめながら、三四郎は言う。

しかし薫は、

「何が？」

と答える。

「危ないとわかっているのに葵屋に潜り込むなんてことまでしたのは、お加奈ちゃんを救うためだろう？　よほどあの娘を気に入っていたんだな。駿府へ帰ってしまうと、寂しいだろう？　薫さん、一昨年のあのとき、芽衣の面倒もしっかりとみてくれたし、やさしいよなあ」

三四郎は、しみじみと頷いている。

ところが薫は、呆れ顔で言うのだ。

「なに言ってるの。あたしが葵屋に潜り込んだのは、あそこで何が起きているのか気になって気になって仕方なかったからだよ」

「――え？」

「でも結局、あたしは何も探り出せなかった。あんたたちが、あたしの知らないところですべて解決してしまった」

歯ぎしりせんばかりの悔しがりようである。さらに、

「しかも、あんなに一生懸命、奉公したのに、葵屋はなくなってしまったから給金をもらえなかった」

薫は、むすっと黙り込む。

三四郎も、言葉をなくしていた。

変わった娘だとは思っていたが、まさか、事件の謎を解きたいだけであんなことまでしてのけるとは――。

しかし、薫の働きが充分、役に立ってくれたことは事実である。それなのになんの見返りもないのは気の毒だと、三四郎は思った。

「いいよ、薫さん」

薫に、やさしく微笑んだ。

「給金の代わりに、お駄賃をあげよう」

「――え」

「岡っ引き並の働きをしてくれたんだからね。父上がお駄賃をくださるはずだ」

「本当に？」

「父上がくださらなかったら、わたしが小遣いからなんとかするよ」

するとは薫は簡単に機嫌を直し、にやりと笑う。

「わかった」

そして、兄妹に声を掛けにいった。

「よかったね、お加奈」

お加奈は涙でくしゃくしゃの顔を上げ、今度は薫に抱きついた。

「ありがとう、ありがとうございました、薫さん。何もかも薫さんのおかげだわ。あのとき、薫さんに出会えてよかった。本当にありがとう」

「うん、よかったね」

薫は、お加奈の背を撫でてやっている。

三四郎は、その様子をながめていた。

本当に変わった娘だ。何を考えているのやら、三四郎にはまるで読めない。

芽衣のこととは関係なく、もう二度と会わずに済ませたいものだ。

十

あの冬の出来事を、薫と芽衣は一度、話したことがある。

「芽衣はあのとき、本当に何も知らずに葵屋へお使いに来たの？」

薫が訊ねたのだ。

「まさか。もちろん、何かが起きていることはわかっていましたよ。しかも薫さんに関することだ、とね」

芽衣は胸を張って言った。

「私は出会ってからずっと、薫さんの下っ引きなんですよ。どんなときにも薫さんのお手伝いをしているんです」

ふふふとのんきに笑っていたが、薫はそれを信じていない。

いや、信じていいのか悪いのか、よくわからないのが芽衣なのである。

三四郎は薫のことを、変わった娘だと何度も言うのだが、正直、

『あんたの妹のほうがよっぽど変わった娘だよ』

と言ってやりたくてたまらなかったりする薫なのである。

著者略歴　1967年生，作家　共立女子大学文芸学部卒　著書『寄り添い花火　薫と芽衣の事件帖』（早川書房刊）『ゆめ結び　むすめ髪結い夢暦』『迷い子の櫛　むすめ髪結い夢暦』『夢に会えたら　むすめ髪結い夢暦』他多数

HM=Hayakawa Mystery
SF=Science Fiction
JA=Japanese Author
NV=Novel
NF=Nonfiction
FT=Fantasy

風待《かぜま》ちのふたり
薫と芽衣の事件帖

〈JA1479〉

二〇二一年四月十日　印刷
二〇二一年四月十五日　発行
（定価はカバーに表示してあります）

著者　倉《くら》本《もと》由《ゆ》布《う》
発行者　早川　浩
印刷者　矢部真太郎
発行所　株式会社　早川書房

郵便番号　一〇一 - 〇〇四六
東京都千代田区神田多町二ノ二
電話　〇三 - 三二五二 - 三一一一
振替　〇〇一六〇 - 三 - 四七七九九
https://www.hayakawa-online.co.jp

乱丁・落丁本は小社制作部宛お送り下さい。
送料小社負担にてお取りかえいたします。

印刷・三松堂株式会社　製本・株式会社フォーネット社

ISBN978-4-15-031479-8 C0193

本書は活字が大きく読みやすい〈トールサイズ〉です。